러시아 기행문과 일기

세계평화탑 건립
超宗敎 · 超民族 · 超國家

方堉 著

明文堂

▲ 러시아 연합국 칼미크공화국의 세계평화탑(2004년 7월 15일 건립)

▲ 칼미크공화국 키르산 대통령

▲ 칼미크공화국 대통령과 푸틴 러시아 대통령

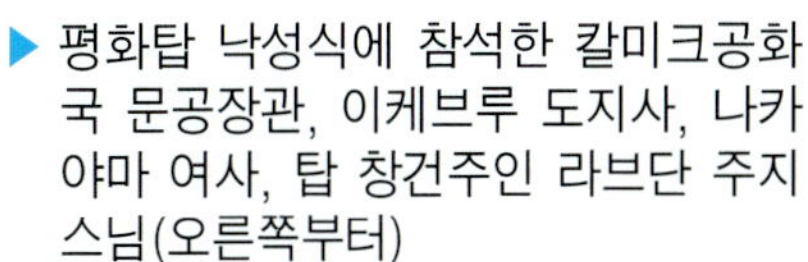

▶ 평화탑 낙성식에 참석한 칼미크공화
국 문공장관, 이케브루 도지사, 나카
야마 여사, 탑 창건주인 라브단 주지
스님(오른쪽부터)

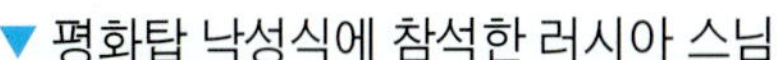

▼ 평화탑 낙성식에 참석한 러시아 스님

▼ 달라이라마 법왕청 공사 현장에서 기도를 드리
는 방육 스님

▲ 1997년 5월 24일 미국 뉴욕의 중국계 장엄사(莊嚴寺) 낙성식에 참석한 달라이라마 법왕

▲ 1997년 9월 23일 인도 담마사라(티베트 망명 정부가 있는 곳) 방문

▲ 크레믈린 광장에서 나카야마 요시코(中山芳子) 대표와 방육 스님

▲ 일본인 아내 야스코(安子) 여사와 나카야마 요시코 대표의 교회에서

▲ 달라이라마 법왕이 감사의 글을 석비에 새겼다

▲ 달라이라마 법왕청 건축기념 비석

▲ 달라이라마 법왕청 건설 현장 방문(왼쪽에
서 두 번째가 칼미크공화국 문공장관)

▲ 평화탑 낙성식에서 칼미크족 전통 복장을
한 여인

▲ 칼미크공화국 이케브루 지방의 도지사로부터 받은 감사장

칼미크공화국

국기의 바탕인 노란색은 티베트 불교의 전통에서 유래하며 가운데 원은 몽고 아동의 학습도구를 상징한다. 원 안의 흰 연꽃은 불교에서 깨달음을 상징한다.

칼미크 공화국 국기

불교 국가를 상징하는 국가 문장(紋章)

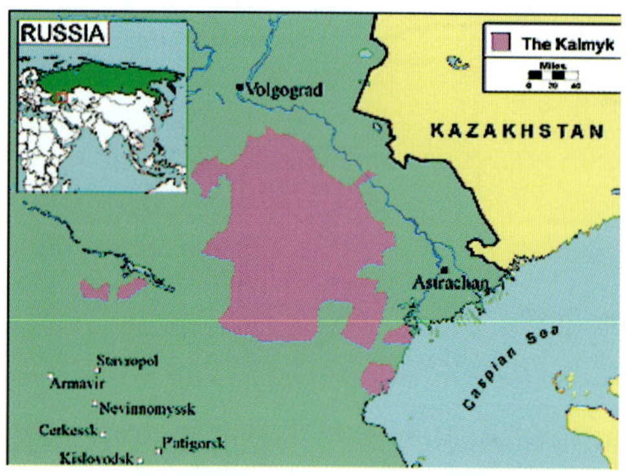

▲ 칼미크공화국 지도

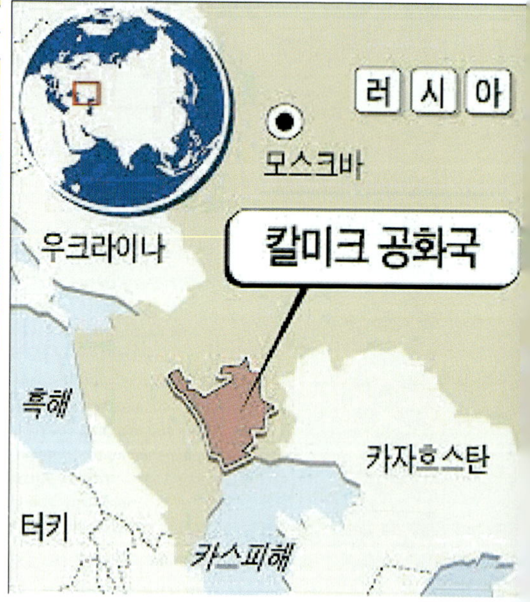

▼ 대규모 불상과 불상이 봉안된 법당 모습

머리말

　미주(美洲) 현대불교잡지사 편집부의 청탁을 받아 약 8년 동안을 단신으로 러시아 수도인 모스크바 일원과 러시아연합국인 칼미크공화국 등지에서 미력하고 미미한 포교활동과 두타행(頭陀行)에 관해서 있었던 내용을 소개코자 펜을 들었다.

　필자 소납(小衲)은 1993년 5월부터 모스크바로 들어가 시내에다 거처를 마련했다. 모스크바 시내에 거주하는 불교인, 그리고 칼미크공화국 불교청년들이 수시로 찾아와 대화도 하면서 포교 활동을 하였다. 그리고 시내에다 일본인 승려(僧侶)인 국제적 포교사 데라자와(寺澤潤世) 상인(上人)과 손을 잡고 우선 브리야트 러시아 불교지도자들과 협력하며 러시아불교도협회를 발족시키게 된다.

범불교(汎佛教)라 할까, 초(超)교파·초민족·초국가 차원에서 어렵게 발족한다. 거기에는 물질적으로 어려움이 많았다. 다행히 데라자와 상인(上人)은 일본 본국에 있는 신도 및 독지가로부터 비교적 많은 헌금이 들어와서 러시아 청년 여러 제자들을 거느리면서 포교활동을 시작했다.

경(經)에 이르기를 '견문촉지(見聞觸知) 개근보리(皆近菩提)'라 하였다. 당시 러시아에서 활동한 것을 회상하면서 다시 나가서 할 포교활동에 필요한 것 등을 준비중이다. 특히 어떻게 하면 세계평화불사리탑(世界平和佛舍利塔)을 세울까를 생각하면서 지냈다.

몸은 인연에 따라 미국의 뉴욕에 있으나 마음은 러시아, 그리고 칼미크공화국에 가있는 것이다. 그것은 개인적으로는 탐감이고, 두타행이고, 업장이 소멸되는 순간인 것이다.

혹 여한이 있다면 러시아불교를 물질적으로 크게 도와주지 못한 것이 다소 양심에 가책을 받는다.

놀라운 사실은 러시아 슬라브 민족의 이질문화(異質文化)를 접해보니 그들 민족문화의 저변에는 놀랍게도 동양적 문화가 깔려 있음을 알게 된 것이다. 그것은 인류문화면의 형성이란 다민족 문화와의 접촉·변용(變容)이 되어서 형성된 것이 아닌가. 단독 민족문화란 성립이 불가능한 것이 아니겠는가?

부족한 면이 있으나 양해하고 애독하기 바란다. 내용면에 있어 인상을 강하게 하기 위해서 중복되는 바가 있더라도 독자 여러분의 이해를 바란다.

이번에 《러시아 기행문과 일기》를 내게 된 명문당과의 인연은 나의 첫 작품 《스리랑카 성지 기행일기》를 1984년에 내면서부터이다. 다시금 김동구 사장님과 인연을 맺으며 노고에 감사하는 바이다.　　　　　저자 方 堉

머리말

•

11

인사말

혜학(惠學) 방육(方堉) 스님의 러시아 칼미크공화국 등을 오가며 겪은 소중한 인연들을 글로 남기신 기행문이 책으로 출간된 것은 부처님의 가피(加被)이고, 자비광명이 아닐 수 없습니다. 부처님의 법화사상을 신봉하시며, 올곧게 부처님의 가르침대로 수행해 오신 혜학 스님께 경의를 표합니다.

또한 미국, 일본, 러시아 등 세계 각국을 20여년 동안 출입하시며, 부처님의 법을 전하시려 노력하시고, 세계평화를 위해 힘쓰신 공을 지금에야 몇자 글로 치하드리게 된 것을 다행으로 생각합니다.

대한불교 관음종의 원로위원이신 혜학 스님께서는 개인

의 안위보다는 종단의 발전을, 종단의 발전보다는 부처님의 법을 세계인에게 펼치기에 앞장서셨던 분으로 알고 있습니다.

오늘에야 혜학 스님의 발자취가 책으로 간추려져 나온 것을 기쁘게 생각하며, 혜학 스님의 기행문을 통해 칼미크공화국에 세워진 세계평화기원탑 준공의 의미가 전 세계에 심어지길 기원합니다.

2006. 11. 22.

낙산 묘각사에서

(재)대한불교 관음종 총무원장 이홍파 합장

칼미크공화국에서 보낸 축하 글

  저자인 방육 스님의 금번 출간하게 된 책자는 그가 1990년에 우리나라에 들어와서 15년 동안, 2000여년 간 내려오는 불타의 정신에 입각(立却), 평화의 자애심을 잘 이해하고서 행동으로 옮긴 결과라고 봅니다. 당시의 러시아불교도, 칼미크공화국 불교도 침체되어 있던 안좋은 시기였습니다.

  다행히 국제포교사인 방육 스님의 평화를 갈구하는 정신과 원력(願力)에 호응하는 인도와 네팔 불교계의 스님, 그리고 일본의 큰 시주자인 종교통일과 연합운동을 하시는 좋은 분들이 출현하여 우리의 평화탑 낙경불사(落慶佛事)의 결실을 보게 된 것입니다.

  말세적 분열과 종파적 불협화음 속에 우리 칼미크공화국

은 종교신앙의 자유를 헌법으로 보장하게 되었습니다. 이러
한 염원의 결과로서 티베트 법왕인 달라이라마 14세께서
공화국과 미국 등지를 방문하시면서 종교통일과 세계평화
를 주장하시고 활동하시게 되어 불교가 국제화되어 사찰과
평화탑 건립이 여기저기에서 구현된 것입니다.

우리 공화국 정부나 키르산 대통령께서도 법왕의 뜻을 받
들어서 대가람(大伽藍)을 엘리스타에 건립하셨고, 러시아
C.I.S(연합국), 더 나아가서 세계의 불교 지도자님들께서도
우리 공화국에서 구상하는 국제평화회의에 참석하실 준비
를 추진하고 있습니다. 방육 스님(Monk Bang Yook), 그
리고 일본의 나카야마 요시코 여사도 초청할 생각입니다.

(이하 생략)

주지 라브단(Ravdan)

인사말

2004년 7월 15일 러시아 연방 칼미크공화국에 건립된 천상계의 탑은 유구(悠久)한 역사를 거쳐서 건립된 것입니다. 인수(人數)를 구제하면서 내려오신 여러 성인과 의인들께서 지금 이 평화탑을 중심삼고 지상계에서 움직이면서 활동을 전개하는 시대를 맞이하게 되었습니다.

금번 세운 하늘탑〔天塔〕은 역사가 시작된 이래 처음 있는 기적의 탑이라고도 감히 말할 수 있을 것입니다. 장구한 인류의 역사는 살육과 투쟁을 거듭하며 내려온 것입니다.

그리하여 수많은 생명의 희생을 가지고 오게 된 것입니다. 바라옵건대 이 정도의 시점에서 이제는 그만 지옥세계로부터 벗어나 새로운 광명의 세계로 향하는 신시대를 맞이하게 된 것입니다.

　이번에 출판을 보게 된 서적(러시아 기행문과 일기)이 세계평화를 달성시키는 계기가 되어 줄 것을 바라면서(기원하면서) 자이(玆以) 각필(擱筆)하는 바입니다.

2006년 11월 11일

天宙平和真の王国連合 代表

대표 나카야마 요시코(中山芳子) 합장

차 례

1. 러시아의 이모저모

2. 일기문

러시아 기행문과 일기

3. 종교에 대하여

4. 칼미크공화국

1. 러시아의 이모저모

러시아의 종교 상황

　모스크바의 종교분포 상황을 잠시 고찰한다면 우선 불교 교파로는 라마불교와 티베트불교, 다음으로는 한국에서 들어온 대한불교조계종, 일본불교인 일련종계(日蓮宗系)인 일본산묘법사(日本山妙法寺)가 있다.

　개인적으로는 조계종의 원명(圓明) 스님(고인이 되셨다)으로 그분은 단독으로 해외포교 재단을 만드셔서 다양한 포교활동과 유학생 지도법회, 카운슬링 등 문화외교관 역할을 하셨다.

　독실한 불교거사(佛敎居士)로는 모스크바 시내에서 한양여행사를 운영하고 있는 사업가이신데, 러시아 스님을 한국으로 유학도 보내면서 적극적으로 한국불교를 러시아, 특히 모스크바 거주 한인교포 불자(佛子) 모임도 자방(自坊)에서 열기도 하신다. 필자도 4월 초파일 부처님 오신날에 초대 법사(法師)로 참석한 일이 있다.

원불교(圓佛敎 : 익산) 교단에서는 전문 교역자(敎役者)를 파견하여 주로 어린이학교 교육면에 전력 활동하고 있는데, 요가·참선(무시무처禪)·명상 등 다양하게 현대불교로서 정진하고 있다. 주로 여자 교무선생들이다.

가르치는 과목으로서는 한국역사·한국어 등이 있다. 러시아 신도들은 옛날 불교가 아니어서 근본불교 등을 질문해오면 만족한 설명을 하기가 난처하고 힘들다고 실토하고 있었다.

재래(在來) 한국불교 가사(架沙) 한 벌과 천수경(千手經) 염불 카세트가 포교에 있어 필요하다 하기에 증정하였다. 그래서 결국 러시아불교 포교방법을 연구중이라고 부언

(附言)하였다.

　다음은 대만 까우슝(高雄)에 있는 성운대사계(星雲大師系)로 불광산사(佛光山寺)에서 거사(居士)들의 법회도 가지면서, 젊은 불교청년들을 대만 불광산사로 유학을 보내기도 했다.

　총포교 책임자는 상트페테르부르크대학에서 동양철학과 불교학과를 담당하고 있는 도치노부(陶治乃夫) 교수이다. 부인은 함께 중국 유학을 하고 오신 분으로, 특히 불교미술에 조예가 있으시다. 데라자와 상인(上人)과 대학의 초청으로 불교학과 교수 3, 4명과 대화를 하고 온 일이 있다.

　불교 대장경(大藏經) 일부를 러시아어[露語]로 번역했으나 출판비용 때문에 발행을 못하고 있다면서, 일본 불교대학이나 한국에 있는 동국대학교(東國大學校)와 자매결연이나 문화교류를 하고 싶다는 것이었다.

1. 러시아의 이모저모
·

그리하여 총장님 메시지를 필자가 받아서 당시 동국대 총장실을 방문하여 설명도 드리고 인사한 바가 있다. 익산(益山)에 있는 모교인 원광대학(圓光大學) 총장인 송천은(宋天恩) 선생에게도 전달한 바가 있다.

몽고(蒙古)불교인 라마교 고승 2, 3명이 모스크바에 들어와서 브리야트 불교인들과 포교활동을 하고 있다. 이들 고승들은 러시아불교를 대표하여 대한불교조계종(曹溪宗)에서 주최하는 동남아 불교지도자대회에 서의현(徐義玄) 원장의 초대를 받고 참석한 일도 있다(당시 萬燈佛事를 겸해서 거행되었다).

모스크바 방문중에 티베트 달라이라마 법왕에게도 보고 인사를 올렸다. 서울대회에 보내주신 축하 메시지를 필자는 어렵게 받아냈다.

여기서 빼놓을 수 없는 종교는 문선명(文鮮明) 목사께서

교주이신(메시아·참부모님) 통일교(統一敎)로, 모스크바
시내 여러 곳에 교회를 설립하여 다양한 문화 활동을 겸해
대대적으로 전도활동을 하고 있다.

특이한 것은 주로 전도는 러시아인 대상이지만 교회 집회
는 한국계와 러시아계 예배로 행해지며, 이러한 강한 교세
에 힘입어 매년 거의 한번씩 문선명 목사 부인이신 한학자
(韓鶴子) 여사께서 오셔서(장소로는 크레믈린광장 부근에
있는 어린이공회당으로 주로 여성지도자들인 CIS〔독립국
연합〕신도들이 운집한 곳) 연설을 영어로 하셨다.

한국어로 힘있게 원리나 진리의 말씀을 전해주셨으면 좋
았을 것이라는 것은 필자 개인의 바람이다.

또한 기독교계로는 순복음교회와 개신교(改新敎)에서도
목회자들이 나름대로 전도에 진력하고 있다. 가끔 모스크바
주재 한국대사관이 초청한 파티에서 만나 종교를 초월한

1. 러시아의 이모저모
·

운동을 하자고 종용하기도 했다.

가끔 통일교의 종교연합단체가 한국에서 온 여러 종교의 지도자급을 초청하여 모스크바 스탈린회관에서 러시아정교회(正敎會) 주교님들도 참석하여 보람있는 모임도 가졌다.

슬라브 민족종교인 러시아정교는 건물은 성당모양으로 관광대상이지, 종교로서는 별볼일없는 것처럼 보이나 그것은 천만의 말씀이다. 공산(共産) 치하에서도 굴하지 않고 슬라브 민족정신의 핵심으로서 정신적 기둥 역할을 발휘하고 있으며, 쇠퇴하고 있다고 보는 것은 러시아 정신과 국민성을 전연 모르는 사람의 이야기다.

크레믈린도 러시아정교에는 절대순종하고 외경심(畏敬心)을 가지고 있으며, 전국민 거의가 신봉하고 있는 것 같았다. 러시아 정치와 외교면에 큰 영향력을 주고 있는, 눈에 보이지 않는 힘을 가지고 있는 것이 사실이다.

모스크바 정치와 종교

특기하고 싶은 내용인즉, 러시아 정통교회와 정부, 그리고 국민들의 관계이다. 무서운 독재의 공산주의 치하에서도 러시아 정통교회만은 정치에 굴하지 않고 오히려 정치에 영향력을 주면서 민족과 더불어 슬라브 민족종교로서 면면히 계승되면서 금일에 이르고 있는 것이다.

모스크바 붉은광장이나 시내 도처에 둥근 아치형 교회 건물이 여기저기 산재되어 있음을 쉽사리 목격하는데 관광 명물로도 자랑스러운 건물이라 할 수 있다. 종교는 아편(阿片)과도 같다고 말살하던 공산 치하에서도 권력에 굴하지 않고 내려온 것이다.

오히려 국민들의 기본정신으로 민족정신의 기본센터로서

크레믈린 정치지도자들을 좌지우지할 수 있는 교권력(敎勸
力)이 앞서 있음을 우리는 알고 있다.

　국민 지도이념의 전당, 국민정신의 중추 역할을 해온 것
이다. 공산주의가 종식되고 자유민주화 바람에 호응하면서
범종교의 친선교류도 시작된 것이다. 로마 카톨릭 법왕청
(法王廳)이나 그리스정교(正敎)하고도 친선교류가 있다는
소식이다. 그러면서도 한국계 개신교의 전도활동에 대해서
는 별로 호감을 갖지 않는 것 같다.

　이러한 가운데 동양적 종교가 들어와서 전도 교화 활동하
는 데는 비교적 환영하는 것 같다. 전술한 대만불교〔佛光山
寺〕나 남방 데라바다불교가 도입된 것도 반대는 하지 않고
있는 것 같다.

　한국에서 들어온 기독교나 통일교, 순복음교회 등이 하
는 전도활동은 크게 환영도, 반대도 하지 않는 것 같다. 이

러한 점을 고찰해보면 모스크바가 세계 종교의 전시장 같기도 하다.

들리는 바에 의하면 통일교나 순복음교회가 집회를 크레믈린 안에서 개최할 때도 러시아정교에서 크레믈린 옐친 정부에 압력을 가해서 집회 허가를 무산시켰다는 후문도 있다.

필자 생각에도 전도집회를 크레믈린 안으로 파고들어 가겠다는 의도는 짐작은 하나, 그 주변에도 얼마든지 적당한 좋은 집회 회관이 있음에도 꼭 크레믈린에서 열겠다는 심사는 어디에 있는지 알다가도 모르겠다.

세계통일교에서 한학자(韓鶴子) 여사께서 모스크바에 입성해서 중앙에서 세계평화와 가정평화, 그리고 원리론(原理論)을 주제로 영어로 강연하신 집회는 한국 여성을 대표한 큰 자랑이라 필자는 찬사를 올리는 바이다.

1. 러시아의 이모저모

옛날 러시아(U.S.S.R)연방 지도를 보면 동북으로 큰 바이칼호수가 있는데 브리야트공화국 라마불교 국가가 있다. 몽고 라마불교로서 승려수는 많지 않으나 승려들이 포교·전도 이외에 민속적 의술을 가지고 들어와서 영육(靈肉)을 모두 치유하는 이상적 종교활동이 눈부시다.

물론 침술과 쑥뜸·심령치료·제령(除靈)·호마(護摩 : 밀교에서 화로를 놓고 유목[乳木]을 태워 부처에게 비는 일) 등 여러 포교방법을 가지고 종교활동을 하는 것이 특색이다. 그들만의 고전 의술서(동의보감) 같은 것을 보고 임상(臨床)과 종교 진리·진언(眞言) 등의 밀교적(密敎的)인 것 같다. 여하튼 말법중생(末法衆生)의 괴로운 환자들을 고쳐주니 얼마나 종교로서 가치가 있는지 모른다. 필자는 높이 찬양하는 바이다.

그와 반대편 서쪽인 상트페테르부르크 쪽에는 지중해와

카스피해 연안을 따라서 올라온 티베트불교가 분포되어 있다. 특히 칼미크공화국이 바로 티베트불교 국가이다.

알고 있다시피 티베트불교는 밀교(密敎)로서 카스피해 일원은 칼미크 중세의 불교문화를 형성하여 찬란한 문화의 황금시대가 있었다고 칼미크인들은 우월감과 긍지를 면면히 전해 받고 있는 것이다.

제정(帝政) 러시아의 고도(古都)인 상트페테르부르크에서 황제인 니콜라이 2세는 신병(원인 불명)에 걸려서 고생하였다. 그때 불연(佛緣)이 있어서 티베트 고승을 만나 치유되어 귀의(歸依)하게 되니, 보은(報恩)하는 뜻으로 강변에다가 러시아식 건축의 티베트사원을 창건하였다.

지금도 티베트 승려 7, 8명이 와서 주석(住錫)하고 있으니 이것의 명칭을 왕실사원(王室寺院)이라 부르고 있다.

필자는 2000년 9월에 일본 승려인 데라자와 상인(上人)

1. 러시아의 이모저모

•

과 사원을 방문하여 사원 건물 수리 불사(佛事)에 시주(施主)하고 돌아온 일이 있다. 스님들이 사문(寺門) 밖까지 나와서 우리를 반가이 맞아준 것은 잊지 못할 추억으로 지금도 눈에 선하다. 혹 러시아 여행을 가게 된다면 반드시 상트페테르부르크 왕실사원을 참배할 것을 부탁드린다.

니콜라이 2세는 이상한 귀신병으로 정신이 오락가락하여 불교신앙으로 치유에 골몰하는 시기에 프롤레타리아·볼셰비키혁명이 일어나 제정 러시아 마지막 황제의 왕좌에서 물러나게 된다.

정치는 황제를 대신하여 요승(妖僧)인 티베트 왕사(王師)가 국정을 좌우하는 틈을 타서 혁명이 일어난 것이라고 나의 제자인 라브단(Ravdan) 스님이 설명한다. 신앙에 깊이 빠져 혁명이 일어나는 것도 몰랐다는 것이다.

라브단 스님은 외조부가 티베트불교의 영향을 받은 칼미

크 불교 교파의 고승대덕(高僧大德)인 큰스님이었다고 가끔 자랑한다. 지금은 대학생이 아니고 인도에 있는 티베트 사(寺)에 가서 수계(授戒)와 득도식(得度式)을 받고 와서 2대 주지로서 필자를 돕고 있다.

또한 국제불교 친선교류와 포교에 전념하고 있는 대통령 키르산(Kirsan)씨의 신임도 받으면서 포교활동을 잘하고 있다. 칼미크공화국에 도입된 종교는 대승(大乘)불교인 현교(顯敎)가 아닌 달라이라마계인 티베트불교이다.

법왕(法王)께서는 자주 오신다. 칼미크 코자크족 출생이기도 한(轉廻 : 인도환생법으로) 탓인지, 대중법회도 하며 티베트약도 가지고 와 젊은 승려 양성을 위해 인도 담마사라 사원학교에 초청을 하기도 한다.

그래서인지 여기 청년들은 구도승(求道僧)으로서 인도로 공부하러 가는 것을 영광으로 생각한다. 유학시에는 물론 정부에서도 후원금도 나오며, 독지가한테서도 격려금이 나오기도 한다. 모스크바대학에 유학가는 것보다 더 좋아한다.

필자 입장에서는 모스크바 불교협회에 바라는 바가 있다면 브리야트·라마불교도 아니고, 티베트불교도 아닌 초국가·초민족·초종파에 통불교(通佛敎)로, 즉 세계 불교로 나아갔으면 좋겠다.

일본계 데라자와 상인(上人)은 젊은 불자 10여명을 일련종계(日蓮宗系) 승려로 양성시키기 위해서 일본으로 데리고 가는 것을 볼 수 있다. 나중에 득도한 후 돌아와 법복을 벗고 다시 환속(還俗)한 사람을 몇몇 보았다.

필자는 모스크바 불교협회와도 멀어져 주거를 완전히 칼미크공화국 엘리스타로 떠나게 되었다.

칼미크공화국은 불교가 국교인데도 무속인(샤먼)들이 집

단적으로 모여 사는 무당 집단 마을이 있다고 한 청년이 자랑삼아 나에게 소개한다. 다음에 한번 가보고 싶은 호기심이 생겼다.

모스크바에서 비행기로는 3시간 30분 걸리고, 기차로는 2일을 가야 되며, 버스로는 하룻밤을 타고 가야 한다. 교통수단이 보통이 아니다. 필자로서는 비행기행은 엄두를 못내고 열차와 버스를 언제나 이용하였다.

칼미크공화국 수도인 엘리스타에 도착한 필자는 우선 정부 안에 있는 종무국장(宗務局長)을 예방하니 쉽게 종무국 소속인 상담역(카운슬러)이라는 자문역을 준다. 그러나 어디까지나 칼미크공화국 불교 부흥과 현대화를 위해서 헌신하겠다는 각오와 사명감을 느낀다. 추호도 한국불교를 전파하고 싶지는 않았다.

1. 러시아의 이모저모

•

39

상트페테르부르크〔레닌그라드〕대학 방문

추운 겨울이다. 일본 승려인 데라자와 상인(上人)과 상트페테르부르크대학측의 정식 초청으로 야간열차로 출발했다. 역 승강장에는 불교학자로서 유명한 도치노부(陶治乃夫) 교수가 꽃 한송이를 들고 마중나왔다. 미안하며 송구스럽다. 도치노부 교수에게서는 인자한 불자로서 학자다운 권위가 흘러나왔다. 머리가 저절로 숙여진다.

도치노부 교수는 우선 명문대학으로서의 상트페테르부르크대학의 역사와 전통, 그리고 학교 건물에 대해서 설명을 해주었다. 첫눈에 들어오는 학교 건물은 고전미가 흐르고 중세의 박물관 건물 같은 인상을 주었다.

교문도 없고 울타리도 없다. 승용차는 눈에 띠지 않았다.

도보로만 캠퍼스를 출입하는 모양이다. 우리는 가져간 작은 범종을 선물로 증정했다.

문리대(文理大)는 동양철학과와 불교전문학과도 있으며 중국 유학을 마친 우수한 교수들이 있어 자랑스럽다고 도치노부 교수가 안내했다. 도치노부 교수가 소개하는 6, 7명의 교수들과 인사하고 잠시 좌담회를 가졌다.

교수·강사·연구원·학생들이 모인 가운데 소강당에서 불교학에 관한 짧은 연설이 있었다. 공자님 앞에서 문자쓰고 아는 척 하는 것 같아서 얼굴이 붉어지는 처지에 무슨 이야기를 했는지 기억이 나지 않는다. 끝에 가서 그들이 우리를 학교까지 오시라고 초청하게 된 동기를 알렸다.

문리대에서 러시아어로 불경전(佛經典) 일부를 번역했는데 출판하고 싶으니 일본이나 한국불교계 대학에 알려서 상호 자매결연도 맺고, 문화교류를 할 수 있는 길을 터줄

1. 러시아의 이모저모
·

것을 부탁해왔다.

전술한바 필자는 후에 동국대학 총장실을 방문하여 상트페테르부르크대학 부총장의 메시지도 전달하면서 더 자세한 설명도 드리고 종용(慫慂)했으나 끝내 결연은 이루지 못했다.

대학에는 동양인 유학생들이 의외로 많이 눈에 띠었다. 학교 구내식당에서 교수들과 같이 앉아서 식사를 하는 장면을 보았다.

그날 오후에 도치노부 교수가 자신의 집으로 우리를 초대하여 가지 않을 수 없었다. 교수의 집은 러시아 사람의 집 같지 않게 동양 물건들이 대다수였다. 부인은 독실한 불교 신자이며 중국에서 불교미술·조각 등을 공부하고 돌아왔다고 하였다.

7, 8명 교수진 가운데 눈에 띠는 장신인 30세 정도나 될

까, 학생 같은 불교학 교수 한 분이 계셔서 만나게 되었는데 좋은 인상을 받았다.

부인께서는 기념품을 우리에게 하나씩 선물하였는데, 본인이 직접 만든 불교용품이었다. 일본차(茶), 중국차, 그리고 차그릇 등 생활필수품은 대부분 중국에서 가지고 온 것이라고 한다.

돌아오는 길에 잠시 왕실사원에 들러서 인사하고 다소의 헌금을 올리고 나왔다. 세계문화재로서 유네스코에 등록할 수도 있고, 원조금을 타서 왕실사원이 허물어지지 않게 영구히 보존할 수 있도록 주지스님께 살짝 종용해 보았다.

한국에서 러시아로 여행가서 모스크바 관광과 쇼핑도 하고, 혹 상트페테르부르크에 갈 기회가 있으면 대학도 견학하고, 니콜라이 황제가 창건한 왕실사원에도 부디 참관할 것을 부탁하고 싶다.

1. 러시아의 이모저모
·

상트페테르부르크는 고도(古都)로 혁명을 일으킨 중심지이고, 슬라브 민족문화의 중심지이기도 하다. 일본의 교토(京都)와도 유사점이 있다. 시민들을 보면, 또 시내 드라마센터 등을 가서 보더라도 다들 지성인 냄새가 풍긴다.

그에 비해 모스크바는 어수선하고 시민들이 정치적이고 상업적인 면이 짙어서인지 슬라브 민족문화의 중심지 같지가 않다. 이것도 저것도 아닌 국제도시로서 특수한 도시의 발전상을 보여줄 따름이다. 대학의 권위도 상트페테르부르크대학은 모스크바대학을 좋게 평하지 않는 것 같다. 필자도 그렇게 느껴진다.

심각하게 생각하거나 평가할 것까지는 없다. 그러나 참고로 상트페테르부르크의 특색은 고전적·예술적 문화인의 도시이며 시민들은 자존심이 강한 인상을 받는다.

모스크바 시민들은 여러 인종들이 섞여 살고 있는 뉴욕과도 같다. 별로 살고 싶지 않은 곳이고, 크레믈린과 러시아정교의 건축미를 느낄 수 있는 것 이외는 아무런 매력과 호감이 가지 않는다.

그러나 모스크바의 문화적 행사는 세계적이며 무시할 수 없다. 음악·발레, 기타 국제문화, 종교행사 등이 그것이다. 좋은 점은 모스크바 시민들 대부분은 청빈하게 절약하면서 살아간다. 우리처럼 펑펑 써버리는 습성이 없다.

매일 아침마다 목격하는데, 어디론가 출근하는 한 신사가 나갈 때마다 꼭 공중 오물쓰레기 장소를 뒤지는 것이었다. 필자도 2층 아파트에서 내려다보니 멀쩡한 의자가 버려져 있어 급히 내려가 주워와서 사용하였다. 그곳에서 생활하자면 당연한 것 같고, 큰 흉이 안된다고 보는 바이다.

1. 러시아의 이모저모

•

러시아의 심령과학(E.S.P)

러시아에서는 초능력자들이 정부 차원에서 인정을 받으며 활동하고 있으며, 수재나 천재들을 여러 방면으로 배출하고 있음을 볼 수 있다.

우선 스포츠맨(올림픽)·예술가·음악가, 기타 천재적 인물들을 만들어 내는 데에, 죽은 이들의 혼령을 불러내어 살아 있는 인간들에게 접신(接神) 시키는 것이다. 180도 다른 사람으로 변해 초능력을 발휘하게 되는 것이다.

그리하여 올림픽에서 금메달리스트를 쉽게 탄생시키는 것이다. 눈에 보이지 않는 관념세계, 신령의 세계, 형이상학적(Esoteric Occultism) 세계를 보여주는 것이다. 그뿐 아니라 예언가·샤먼·심령치료를 통해서 난치병 환자들을 완치시키는 일이 러시아에서는 쉽사리 이루어지고 있는 것이다.

중국에서도 연구가 진행되고 있다 하는데 랴오둥(遼東) 반도의 다롄(大連)에도 연구소가 있다고 하며, 북한에서도 심령치료 클리닉 센터가 있다는 소문을 들은바 있다.

한국에도 보조의학 측면에서 일부 행해지고 있는데 크게 인정을 못 받고 있는 실정이다. 러시아 자치령인 칼미크공화국에는 고려인 2세 김아로가지라고 불리는 사람이 있는데, 병원에서 활동하고 있는 의사나 박사들이 못 고치는 난치병을 심령 초능력으로 고치고 있다.

필자도 1993년에 대만 불교병원에서 위암 수술을 받은 반건강체(半健康體)로서 김아로가지의 치료를 여러번 받은 적이 있다. 여자의 유방암은 손만 갖다대면 피와 고름이 줄줄 흘러나오면서 쉽게 치료된다. 손대는 것이 수술이라고 한다.

그후 가끔 엘리스타에서 만나는데 다른 공화국에서 초청이 자주 와서 한 곳에 머물러 있기가 힘들다고 실토한다. 길을 가다가도 우연히 환자를 만나 다리가 아프다면 노상에서도 바쁘다고 그냥 만져주고 빨리 사라진다. 많은 남녀노소의 러시아인들이 그를 아끼고 자랑하며 존경하고 있다.

러시아 C.I.S(독립국연합)에서 활약하는 일본 산묘법사(日本山妙法寺)에 관해서

러시아불교 부흥을 위해서 격고선령(擊鼓宣令)하며, 세계 평화를 위해 두타행(頭陀行)을 행하는 정예부대가 있다. 단식 수행과 북을 치면서 평화행진을 무조건 하고 있는 종단(宗團)인데 일반 대중 불교도에게는 잘 알려져 있지 않다.

초대 교주는 후지이(藤井日達) 상인(上人)이다. 원래는 일련종단(日蓮宗團) 안에 있었는데 자진 탈종(脫宗)하고 단지 '북' 하나를 손에 들고 제목을 봉창(奉唱)한다. 파사현정(破邪顯正)하면서 입정안국(立正安國)을 주장하면서 세간 중생들의 어둠을 멸하고자 기원하는 수행 단체이다.

한국에 후지이 상인의 제자로서 고(故) 이법화(李法華)

1. 러시아의 이모저모

스님이 계셨으며, 유사한 것으로 영산법화사(靈山法華寺)가 한국에 있는 것으로 안다.

옛날 이법화 스님 말씀에 의하면 일본에게 전쟁을 중지할 것을, 그리고 인도의 간디 옹에게는 소위 무저항주의(아힘사)를 제창하셨다 한다. 일본에서 국외로 추방하니 인도를 거쳐서 스리랑카로 들어가 불사리탑(佛舍利塔)을 건립하여 세계의 평화를 기원하면서 두타행·평화행진으로 영국 런던으로 들어가 바다씨 파크에다가도 똑같은 불사리평화탑을 건립, 두 곳에다 평화탑을 건립하였다.

또 하나의 특색은 범종교운동을 시작한 평화의 선구자이다. 언젠가 일본 쿄토에서 제1회 세계 종교지도자 평화대회를 개최했으며, 천수는 101세로서 입적(入寂)은 아타미(熱海)에 있는 평화탑이 서 있는 묘법사(妙法寺)에서 끝을 맺었다.

러시아에서 역시 국제적으로 평화운동과 수행을 하고 있는 데라자와 상인(上人)이 후지이 상인의 수제자이기도 하다. 스리랑카에 가면 불족산(佛足山 : 스리파타)이라고 하는 영산(靈山)이 있는데, 석존께서 재세시(在世時)에 세번이나 기도하러 오셨다고 하는 성지이다. 그곳에다 사찰과 평화탑도 건립하고 말법(末法)에는 불교가 스리랑카에서 다시 부활한다고 예언하셨다.

후지이 상인의 어머니 유골도 일본이 아닌 멀리 떨어져 있는 스리랑카 불족산 아래에 봉안한 것을 보고 후지이 상인의 신념이 얼마나 깊고, 마음이 넓은 분이라는 것을 알게 되었다. 일본 도쿄 무도관에서 열린 후지이 상인의 장례식에 개인적으로 참석한 바 있다.

불족산에는 순례자가 매일처럼 줄을 지어 '사두사두'하면서 올라가고 있다. 불족산에서는 밤을 새우게 되어 있다.

1. 러시아의 이모저모

·

51

필자도 밤을 꼬박 새우고 아침에 승천하는 태양을 예배하면서 하산하였다.

고(故) 이법화 스님께서는 조계종 군고암(君古菴) 스님의 도제(徒弟)이기도 하며, 일찍이 진해에 있는 묘법사에서 주석(住錫)하시면서 문인인 고(故) 홍묘법장(洪妙法藏)과 이처사(李處士)와 동거하시면서 저서를 출간하시기도 했다.

독특한 스타일의 비교적 지덕을 겸비하신 선지식(善知識)으로 기억에 남는다. 너무나 일찍 입적하신 것 같아서 애석함을 금할 길 없다. 옛날에 일본 비구니가 열렬히 좋아한다는 로맨스를 들으시고 불명(佛名)을 행선(行鮮)으로 정해주시고 위로하셨다는 이야기는 유명하다.

여기서 꼭 소개하고 싶은 법화행자(法華行者)로 오스트리아 비엔나에서 1급 식당을 경영하는 린드마이어 여사가 있다. 제주도 한라산까지 와서 세계평화 불사리탑을 세우려고 발원(發願)했으나 무슨 이유인지 뜻을 이루지 못하였다. 그리하여 헝가리 부다페스트에다가 이법사(李法師)하고 협력하여 낙경(落慶)을 보니 오픈하는 낙성식에 달라이라마 법왕께서 참석하셨다고 후에 들은바 있다.

선재(善哉), 장하도다. 린드마이어 보살님은 묘법사(妙法寺)도, 그리고 불사리탑도 건립, 낙성을 일찍 보았다. 사찰에는 일본 스님을 주지로 모시고 있다.

모스크바대학 캠퍼스 미술관에서 며칠 전에 러시아인 불교학(특히 일본불교 연구자) 학자가 법화경 28품을 러시아어로 번역 출판, 점안 법회가 엄숙히 거행되었다. 많은 불자는 참석하지 않고 데라자와 상인(上人), 러시아인 스님들이 모두 참석하였다.

일부러 도쿄의 일련종(日蓮宗) 장조사(長照寺) 스님이 멀리서 축하한다고 달려오셨다. 설마 이시이(石井英雄) 상

1. 러시아의 이모저모
•

53

인(上人)인가 했는데 상상을 넘어 제백사하고 오셨으며, 필자도 멀리 칼미크공화국에서 일부러 참석했다.

나를 아는 칼미크 출신 스님 제자들이 무척 반가이 영접해 주었다. 백천만겁 난조우에 수희(隨喜) 공덕을 심는 좋은 영광의 법좌(法座)였다. 러시아 사미(沙彌)들이 한국스님 동종동문(同宗同門) 할아버지 스님도 오셨다고 무척이나 좋아했다.

이시이 스님은 여비로서 200달러를 보시했다. 이때가 1996년 9월경이었다. 위암 수술 직후로, 건강에 조심하고 너무 무리하지 말 것을 신신당부하고 가신다. 잊을 수 없는 은인이다.

대만 화련(花蓮)의 불교병원에서 수술을 앞두고 보호자로 도쿄에서 일부러 오셔서 수술허가서에 사인을 해주며, 병원에도 나를 대표해서 헌금해 주셨다. 또한 용돈을 얼마간 주고 가시면서 일본 불교계에서도 볼 수 없는 자랑스러

운 불교병원을 볼 수 있는 기회를 주었다며 오히려 사의(謝
意)를 표하고 돌아가셨다.

나는 지금껏 승려생활을 해도 이시이 상인처럼 마음이 어
질고 청정무구한 스님을 처음 보았다. 형제 가족보다 고마
운 스님으로 평생 잊지 못한다.

필자 졸승(拙僧)은 기원한다. 이런 인연공덕(因緣功德)으
로서(妙法蓮華經을 러시아어로 출판하게 되는) 러시아불교
가 부활하며, 러시아인에 알맞은 러시아불교가 발족, 공산
주의 국가가 아니며 자유민주 국가로서 인류평화에 공헌해
줄 것을 염원한다.

즉 법화경의 위력과 공덕으로서 국토가 안온(安穩)하고
국태민안(國泰民安)하기를 두손 모아 기원한다. 진인(眞人)
과 성자들을 바라보고 존경하는 국가가 어느 나라고 되어
주기를 진심으로 바라는 바이다.

1. 러시아의 이모저모
•

칼미크공화국 고려인의 생활상

러시아문화란 고유문화로 형성된 것이 아니고 동양적인 외래문화가 들어와 슬라브문화와 접촉·변용되면서 형성된 것이 아닐까?

독립국 연합 여러 공화국에도 많은 고려인 2, 3세들이 러시아인들과 동등한, 특히 농업분야에서 기적을 이루면서 러시아인들의 식생활 문제를 충족시키는 큰 공헌을 하고 있음을 목격한다.

일반 곡식 농산물에다가 과일과 야채·감자·마늘·당근 등 악조건 하의 기후에도 굴하지 않고 연구 끝에 재배하는 데 성공하여 잘살고 있는 것을 보니 자랑스럽다.

그들 대부분은 대우도 받으며 경제적으로 유복하다. 러시아인들은 우리처럼 허리를 구부려 일하는 것을 잘 못하는 것 같다. 잔손이 가야지 기계로만 할 수 없는 것이 농사인 것 같다.

스탈린이 나가 죽으라고 집단적으로 열차 등에 실어다가 시베리아 같은 불모지에 쫓아버린 선조 고려인들이 얼어죽지 않고 구사일생으로 빠져나와 각 공화국에 들어가 잘살고 있는 것을 보니 동족 같기도 하고, 특수 민족 같은 강한 인상을 받았다.

러시아인 사회에서도 존경을 받으며 부농(富農)으로서 고급차와 고급주택을 가지고 대우도 받고 거의가 잘 지내고 있다. 그들은 진짜 옛날 북도 남도 없는 오리지널 참 고려인으로서 자랑스러워 머리가 자연 숙여진다.

방문을 마치고 돌아갈 때 농사지은 쌀이라고 하면서 가져가 밥을 해먹으라고 주신다. 나는 빈손으로 농장을 찾아갔는데 후일 정식으로 선물을 가지고 다시 찾아올 것을 결심했다.

씩씩한 개척자, 불굴의 기상을 가진 고려인들은 농사는 화학비료는 쓰지 않고 자연농법으로 해서 그런지 신선하고 맛이 좋았다.

고려인들의 농장생활은 곧 천막생활이다. 농번기 때는 집에서 나와 거주한다는데 임시 천막 안으로 안내받아 들어가보니 말이 천막생활이지 TV, 냉장고, 선풍기 등 깔끔한 고급주택 수준의 생활을 하고 있어 놀랐다.

끝으로 한 고려인을 소개하고자 한다. 그의 이름은 바로 홍길동(洪吉童)이다. 임꺽정 비슷한 슈퍼맨으로 축지법으로 하늘도 날아다니면서 흉년이면 부호의 집을 털어 춥고 배고픈 빈민들에게 곡식을 무상분배하고 지낸 초인간과도 같은 인물이다.

러시아인들도 그의 존재 가치를 인정하면서 레닌이나 칼 마르크스는 공산주의 이론가이지 공산주의 선구자는 바로 한국인 홍길동이라 말하고 있었다.

신출귀몰 축지법으로서 천공(天空)도 날아다니고 부잣집을 털어 빈민들에게 나눠주는 카레스키 홍길동이란 사나이, 바로 그가 공산주의의 시조라고 하니 나로서는 대답하기가 곤란했다.

모스크바 국제공항에서도, 세관에서도 홍길동 나라에서 왔느냐면서 당신도 슈퍼맨이냐고 자주 인사를 하며 웃음을 주고받았다.

또다른 이야기로 일본 시코쿠(四國)에 가면(오사카항에서) 도쿠시마(德島)라고 하는 관광지에도 그러한 인물이 나타나서 막부(幕府) 소유의 창고를 털기도 하고, 역시 부잣집을 습격, 돈이나 곡식을 털어 빈민들에게 분배하고 어디론가 또 사라지고 했다 한다. 혹 우리나라 홍길동이가 비자 없이 날아서 러시아도 가고, 일본 시코쿠·오키나와(沖繩) 등지까지 원정을 간 것이 아닌가 싶다.

러시아에서는 영웅으로서 레닌도 아니고, 칼 마르크스도, 스탈린도 아니며 이상하게 칭기즈칸과 우리나라 홍길동을 참 영웅으로 추대하는 것 같다. 지금도 집에서 아기가 울면 지금 밖에 칭기즈칸이 왔다고 부모들이 말하면 울음을 뚝 그친다고 한다.

이것은 무엇을 말하고 증명하는가? 슬라브민족이 동양권 영향을 많이 받아왔다는 것을 증명하는 것이 아니겠는가? 지구촌에는 전형적인 공산주의가 고물이 되어 버렸지만, 서로가 상하 없이 균등하게 공생공존하자는 주의로 우리가 꺼리고 있는 점은 독재인 것이다.

러시아의 신비주의(神秘主義)

　불교 국가인 칼미크공화국에 관해서 언급하기 전에 모스크바 시외에 거주하는 한 남성 기인(奇人)을 소개하고 싶다. 한마디로 말하자면 현대판 타잔이라고 말하고 싶다.

　1992년 연말에 모스크바 어느 신문사를 통해서 약간의 불우이웃 돕기를 한 인연으로 신문사에서 시내관광을 안내하겠다는 요청이 와서 따라나섰다. 거기가 바로 현대판 타잔이 살고 있는 관광명소였다.

　야생적으로 자연과 더불어 살며, 전연 문명의 이기(利器)를 저버리고 전기·전화·TV 등 아무것도 없는 무소유의 빈곤한 생활이다. 요가(Yoga) 수행자와도 같으며 어찌 보면 머리가 이상한 사람 같기도 했다.

모스크바 지성인들이 즐겨 찾아오는 곳이라고 안내한 신문기자가 소개했다. 한국에서 온 불교 중이라고 전하니 이름도 모르는 차 한잔을 대접한다. 곧 필자를 좋은 곳으로 모시고 간다면서 어느 풀밭으로 끌고 갔다. 여기가 바로 우주의 기(氣)가 솟아나오는 곳이니 실컷 힘껏 받아 마시고 가라는 것이다.

무주공터 대지 밑에서 나오는 영기(靈氣)를 들이마시면서 살고 있는 것 같았다. 거기에는 수도관이나 아무런 시설물이 없고, 흔적이 없는 곳이다. 기인이 살고 있는 무주공터가 바로 모스크바 지성인들의 마음의 휴식처임을 보여주는 것 같았다.

오염된 문명 사회에서 벗어나라고 경고하면서 시범으로 보여주는 나체의 야성인간은 체구도 크고 힘도 있어 보였다. 마치 현대의 질환에서 벗어나 무위자연(無爲自然)의 대

도(大道)를 걸어가시오 하고 경종을 울려주는, 미래를 내다
볼 줄 아는 비범한 사람처럼 보였다.

　나는 신문사 측에는 진짜로 좋은 구경을 시켜주어 고맙다
고 사례 인사를 여러번 했다.

　다녀온 솔직한 감상을 피력하자면 그 사람은 현대가 요구
하는 새 얼굴의 새 사람으로, 오늘날의 오염된 인간들에게
풍수지리나 우주의 기(氣), 영적인 에너지 같은 것, 생태계
를 알고 살아나가야 됨을 알려주는 것 같았다. 초인간적 우
주인처럼 말이다.

　종교도 신앙도 필요하겠지만 우선 무엇보다 우주의 신비
를, 우주적 성심(聖心)을 알고 하나가 되는 인생을 찾아야
만물의 영장인 참사람이 되는 길이라고 믿는 바이다. 형식
도 알아야 하지만 알맹이를 알아야 되는 것이다. 이것이 근
원이고 근본이 아니겠는가.

1. 러시아의 이모저모

여기서 중요한 것은 모스크바를 중심으로 비전(秘傳 : Esotelic)의 신비주의자들이 많다는 점이다. 명상음악회도 있어 필자는 자주 가보았다.

명상요가·심령치료·예언자·심령진찰, 그리고 영계(靈界)와의 통신, 영혼을 불러들여 접(接)을 붙이는(招魂과 接神) 방법 등 다양한 연구와 임상, 크게는 우주과학(靈波로서 우주인과 통신하는 것) 등 실질적으로 다양하게 인간생활면에 활용하면서 살고 있는 점이 엿보인다.

칼미크공화국에 관해서

칼미크공화국의 수도인 엘리스타에서 동서쪽으로 약 1시간 반 정도를 승용차로 달리면 이케브루라고 불리는 불교의 발상지이며 소승인 필자가 주석하고 있는 사원이 있다. 현재는 폐허가 되어 옛날의 사찰이나 불탑 등이 있었던 흔적이 없고, 지상에는 아무것도 없다.

소위 8만 9암자(菴子)가 들어섰던 사찰 타운이 들어서 있었다고 관리가 설명한다. 공산 치하에서 불상·불기 등 모두 몰아서 지하 어디엔가 매장했을 것이라고 말해 주었다. 여기 고적지를 다시 복구하고 싶다고 부언한다.

필자 들으라는 이야기로 알아들으며 유네스코 같은 기구에 보고하면 좋은 일이 있을 것이라고 다른 곳으로 말을 돌렸다.

가끔 무녀들이 집단으로 몰려와서 고혼제, 호마(護摩) 같
은 의식을 봉행한다고 안내해준다. 필자는 참관만 하였고
나의 러시아 상좌(上佐)인 라브단 스님이 나아가서 티베트
불교의식으로 집전하였다.

불전 제단에 나온 헌금은 모두 거둬서 스님께 올린다. 무
녀들은 자기가 지참한 음식 등은 본인들 앞에다 늘어놓고
제물을 올려놓고 인등을 켜서 기도하는 것을 보았다.

지방에 재앙이 일어나지 않도록 기원을 올라는 것 같았
다. 사찰이 정식으로 들어서기 전에라도 추모비나 탑 같은
것을 세우는 것도 좋을 것이라고 조언을 했다.

불교국가인 칼미크공화국의 인구는 약 50만 명이고 땅덩
어리는 프랑스 영토와 같다고 한다. 인구의 대부분은 수도
인 엘리스타에서 살고 있으며, 여기저기 흩어져 사는데 공

업이나 산업생산은 거의 없고 유목민으로서 소·말·양들을 많이 키우고 있다.

집단목장도 있고 개인 사유목장 등 비교적 안정된 생활을 영위하고 있다. 동물사육과 일부 밭농사로 감자·마늘·당근·양파·호박, 기타 참외나 수박도 재배하여 시장에 팔기도 한다. 수요와 공급이 잘 맞아들어가는 안정된 생활 때문인지 범죄가 거의 일어나지 않고 있다고 이야기해 주었다. 그래서인지 군대도 없고 경찰은 교통 경찰이 고작이다.

칼미크인들은 고유 언어를 가지고 사용하고 있으며 러시아어는 필수적으로 남녀노소 모두가 일상생활 회화로 구사하고 있다. 그들만의 전통문화를 인정받아서 크레믈린 러시아정부가 자치령 국가로서 인정해주고, 민선 대통령도 선출시켜서 작은 공화국으로 발전해 가고 있다.

중앙정부가 있어서 15군데 지역을 지방행정청인 현지사

(縣知事)를 거느리고, 삼권분립으로 나름대로 잘 살아가고 있다. 아직도 사회주의 바탕이 남아 있어서 어려운 서민들 생활에 많은 도움과 혜택을 주고 지낸다.

돈은 있어도 살고 없어도 살아갈 수 있는 나라인 것 같다. 겉으로는 놀고 지내는 것 같아도 가가호호 거의 누구나 가축·가금류 등으로 생활을 유지하고 자급자족하면서 재미있게 살아가고 있음을 알 수 있다. 소욕지족(少欲知足)하는 생활상이다.

연해(카스피해)에서 석유가 나오는 것을 바라고 우리나라 현대가 시굴(試掘)도 했는데 나오지 않아 철수했다고 전해 들었다. 중앙에는 아직 각국 대사관이나 연락사무소도 있지 않으며, 정식으로 국제외교나 교류가 전혀 없고 러시아 크레믈린 정부에만 의존하여 어렵게 살아나가고 있다.

수도인 엘리스타에 전문대학 등이 있으나 거의가 모스크

바대학이나 상트페테르부르크대학으로 진학가고 간혹 미국
대학으로 유학을 가는 형편이다. 여러번 정부가 유학생을
매년 두 사람 선발하여 미국 통일교계 브리지포트대학에
무상으로 보내오다가 통일교회가 문을 닫으면서부터는 유
학생 파견도 이루어지지 못하고 있는 실정이다.

칼미크공화국 대통령은 '키르산'이라고 보통 부른다. 대통
령으로 출마할 때 티베트 법왕인 달라이라마 14세를 국부
(國父)와 같이 위에 모시고 덕정(德政)을 하겠다는 선거 공
약이 적중되었다.

불교 이상국가 구현을 위해서 나온 것으로 좋게 볼 수 있
다. 영부인은 모스크바에서 식당을 경영하면서 남편을 돕는
다는 후문이다.

작은 국가정부 살림을 수행하는 데 국민의 세금을 징수하
여 운영하는 것과는 근본 바탕이 다르다. 일본의 성덕태자

(聖德太子)나 신라 법흥왕처럼 대통령이 사재(私財)로 정치한다는 이야기는 금시초문이다. 성군이라고 여겨진다. 러시아에서 손에 꼽는 부자라고 한다.

키르산 대통령은 창건주가 되어 엘리스타 시내에다가 아름다운 궁전과도 같은 대가람(大伽藍)을 세웠는데, 거의 대통령 단독으로 시주한 것이라 한다.

부산에 사는 대각사(大覺寺) 주지인 김경우 스님께서도 많은 시주를 하셨다. 거의가 상류 사회의 부자 신도들이 많이 가는 것 같다. 시내에는 작은 사원이 여럿 있으나 티베트 의사가 주로 의료사업을 포교를 겸해서 운영하고 있다. 치료비나 약값이 싸다.

놀라운 것은 국민 대다수가 각자 집에다 불단(佛壇)을 모시고 사는데, 선조가 거의 승려생활을 하다가 돌아가셨다며 사진을 모시고 있는 것을 보여주니 믿지 않을 수가 없다.

승려가 적어서인지 길에서 스님을 만나면 강제로 집으로 모시고 가겠다는 불자들이 많이 있다. 또한 스님을 보면 무조건 인사말을 하는데 무슨 뜻인지는 모르겠다. 즉 집에 오셔서 모셔놓은 가정의 불단에다가 불공을 한번 부탁하겠다는 심사인 것 같다.

나는 칼미크 대통령이 티베트 달라이라마 법왕과 동시대에 태어난 인연을 생각해 볼 때가 있다. 필자의 관심 대상은 달라이라마 법왕이 아니고 솔직히 말하자면 키르산 칼미크 대통령이다.

연소(年少)한 분이 언제 돈을 벌어서 백만장자가 되었으며, 전세에 무슨 인연으로 법왕과 의형제를 맺으시고 미륵과 전륜성왕(轉輪聖王)의 화신으로 세상에 나타나시어, 지상 불국토(佛國土) 정토화의 사명을 두 분이 동시대에 띠고 나신 것이 아닌가 혼자서 생각해본다.

나의 기원이 있다면 이러한 불교국가에다가 세계평화탑을 건립하고 싶은 것이다.

엘리스타에 있는 고려인협회의 장보리수 선생이 고려인 여성이 교장으로 있는 중고등학교와 정신문화원을 소개하여, 변변치 않은 강연을 했다.

사이언스 아카데미라고 불리우는 거의가 퇴역·퇴임한 러시아 최고의 지성인 선배들의 모임이라고 알려져 있다. 통역하는 제자인 라브단 스님도 이날 통역은 긴장되어서인지 어려웠다고 했다. 두 곳에 헌금을 100달러 했는데 장보리수 선생이 칭찬했다.

이곳 러시아의 실정이라는 것이 강연이나 설법을 하러 가는 측이 헌금을 먼저 해야지 강의료를 받아 가지고 온다고 생각하면 안된다.

차라리 가지 않는 것이 상책이다. 사례금을 혹시 주더라도 받지 말아야 한다. 신도집에 안택(安宅) 기도를 가서도 마찬가지이다. 생활이 어렵다는 것을 알고서 차마 헌금(보시금)을 받아가지고 나올 수가 없다.

이러한 나라에 누가, 어느 스님이 포교하러 나가겠는가? 필자는 중노릇을 그렇게 하고 있는 것이다.

불교계도 해외 포교에 돈을 써야 된다. 즉 법포시(法布施)도 하고, 재포시(財布施)도 해야 한다. 기독교는 그러한 점에서 앞서 나가고 있다. 라마불교나 티베트불교에서는 반드시 그들의 의술로서 신도들 육체의 병도 치유하니 이상적인 포교법이 아닌가 생각해본다.

칼미크공화국에는 티베트법왕청에서 특사로 파견된 림포체라는 고승이 있어 법권(法權 : 교권)을 행사하면서 종무국 행정을 좌지우지하는데, 많은 마찰이 일어나기도 한다. 카톨릭 로마법왕청처럼 법왕의 지시를 해외에 파견된 주교

1. 러시아의 이모저모

가 대행하는 것과 같다고 본다. 이것도 연구해 보는 것이 좋을 것 같다.

칼미크공화국의 국기는 노란색 바탕으로 하늘색 원(圓) 안에 한송이 연꽃이 그려져 있다. 정부청사 부근에는 팔각정이 있는데 석존불상을 봉안하고 있다. 법왕청인지 정부청사인지, 그렇지 않으면 겸하고 있는 교정일치(敎政一致)의 나라인지 잘 모르겠다.

그리고 승려들은 각별히 대통령 면회가 쉽사리 이루어진다. 대통령 집무실에 들어가면 법당처럼 차려져 있다. 뒷면에는 비밀영단(靈壇)이 있는데 그곳에는 칭기즈칸과 달라이라마 티베트 14세 법왕의 초상화를 모셔놓았다.

이 나라를 평하는 것은 아니지만 완전 민주화는 어려운 단계이며, 아직도 공산주의 테두리를 벗어나지 못하고 있는 것 같다. 와서 보니 서서히 민주화가 될 수밖에 없는 실정을 여실히 여기저기서 보여준다. 적당한 시기에 여기를 떠나 뉴욕으로 돌아가야 되겠다는 마음을 정한다.

숙원사업인 세계평화 불사리탑을 세우겠다는 미련을 못 버리고 떠날 것 같다. 원력(願力)이 부족하다. 세상 만사가 마음대로 안되는 모양이다. 내세득작불(來世得作佛)이라는 종자를 뿌리는 수행을 다시 시작해야 될 것 같다.

1. 러시아의 이모저모

·

75

2. 일기문

● 1993년 3월 2일 통일교 모스크바 대회

한국통일교 교주인 한학자(韓鶴子) 여사께서 아름다운 미모로 유창한 영어를 구사하면서 강연회를 모스크바 어린이공회당에서 거행하였다. 명칭은 세계여성지도자대회라고 한다. 그래서인지 참석자의 대부분은 여성들이었다.

러시아 독립연합국 전역에서 특별 열차를 이용하여 왔으며, 상트페테르부르크에서 많이 참석하였다. 필자도 모스크바에서 활동하고 있는 조목사님의 초대전화를 받고 개장 2시간 전에 나갔으나 벌써 회장은 초만원이며 좌석이 없다고 하였다.

나는 세상없어도 입장하겠다고 앞문으로 뒷문으로 뛰어보았으나 가망이 없었다. 강연장 밖에는 경찰 기마대가 출동, 인파를 정리하고 있었다. 백여명이 넘는 여성들은 못 들어가서 아우성이었다.

　조목사를 만날 길이 없어 애를 태웠으나, 다행히 미국인 안내가 한국말을 유창하게 구사하면서 나 혼자만을 살짝 안으로 인도했다.

　원래 크레믈린궁전 안에서 대회 개최를 예정하였으나 러시아정교에서 불허하는 바람에 부득이 여기서 열리게 되었다고 한다. 장소가 큰 문제가 아니라고 나는 생각했다. 모스크바에서 하게 된 것으로도 만족하다고 본다.

　한국 불교계에서는 여성지도자대회를 언제쯤에나 해외로 나아가 개최할 수 있을지 한국 여성불교 지도자들께 반문하고 싶다.

　놀라운 것은 통일교의 힘이다. 더 나아가서는 코리언(카레스키)들의 힘이기도 하다. 종교나 교파가 다르다고 부정적으로 보는 것은 금물이다. 야심 없는 종교 집단은 없다고

본다. 그것은 좋은 뜻에서 의욕인즉, 교세를 크게 국내외에
홍포(弘布)·전도하겠다는 야심이라 할까, 좋게 보고 싶다.

필자는 일본 유학시 오사카에 있는 작은 통일교회 예배
시간에 참석한 적이 있다. 어느 청년이 다가와 자신은 한국
사람만 보면 부럽다는 이야기를 하였다.

확실히 그 청년이 한 그 말의 깊은 뜻은 잘 모르겠으나
알 것 같기도 하다. 문선명(文鮮明) 목사님을 최상으로 따
르는 존경심의 발로가 아니겠는가.

다음 세상에 가서 한국인으로 태어나면 될 것 아니냐고
그를 위로해 주었다.

● 12월 10일

상트페테르부르크대학을 돌연 두번째로 방문하였다. 총장
이 해외 출타중이어서 어느 교수의 안내를 받아 부총장실

2. 일기문

에 갔다. 동국대(東國大)와의 자매결연을 원한다는 승인 결재를 받아서 나왔다. 안내는 모스크바 요가도장에서 미스터 유리(Yury)가 나섰다.

야간열차를 이용하여 모스크바에 당일로 돌아왔다. 오늘이 자기 아들 생일이라고 하는데도 인사를 많이 못한 것이 지금도 미안하고 마음에 걸린다. 날씨는 무척 추운 겨울이다.

돌아와 동국대 현총장께 전달하니 좋아하면서도 별로 인사가 없다. 국제부의 홍교수라는 분이 미안하다고 여비로 보태라고 자기 수중에서 200달러를 주기에 고마움과 섭섭함을 표했다.

얼마나 힘들고 어려운 출장이었는데……. 필자는 팔자인지 가끔 큰일을 해도 인덕이 없는 것 같다.

● 12월 24일

　잠시 귀국을 앞두고 치아가 안 좋아서 시자(侍者)인 러시아 여인 올레샤(Olesha)를 앞세우고 열차로 장거리여행을 떠났다. 한국계 치과의사로 좋은 분이 있다고 남장로(南長老)가 소개하기에 떠났다.

　치아치료를 위해서 2일 간이나 긴 여행까지 하게 된 것은 보통 일이 아니다. 모스크바 시내에 얼마든지 치과가 있는데, 지금 생각하면 사서 고생길을 나선 것 같다. 말도 안 되는 모험이었다.

　의심할 여지 없이 러시아 영토이다. 열차 안에서 1박, 다음날 오후 2시경에 역에 도착하니 치과의사 부부가 승용차로 마중을 나왔다. 치료를 마치고 저녁에는 한국에서 가지고 왔다는 KBS 6주년 기념쇼 비디오를 보여주었다.

가수들과 인기 연예인들의 연기를 보니 감개무량하고, 특히 동행한 올레샤가 너무 좋아한다. 눈물이 나오며 반갑다. 나의 인생에서 잊지 못할 순간이 아닐 수가 없다.

교포 치과의사의 이름은 황효웅(黃孝雄)이다. 일제시대 이름도 알면서 그대로 사용하고 있다고 말한다. 한국 고향은 천안군 직산(稷山)인데 고향도 방문하여 일가 친척도 보고 왔다며 자랑한다. 자랑도 할 만하다. 이곳에서 한국을 한번 방문(여행)하려면 러시아 돈으로 한보따리 있어야 갈 수 있기 때문이다.

작별할 때 치과치료비를 물으니 5천루블만 내고 가라고 한다. 이것은 돈도 아니다. 나중에 생각하니 또 갈 수도 없고 선뜻 미화 100달러 한 장 주고 올 것을, 큰 잘못을 범한 것 같아 지금도 생각하면 죄진 것 같다.

황효웅 치과의사의 말에 의하면 이곳에도 한국에서 기독

교 목사님 두분이 와서 전도하고 있다고 알려주었다. 친가
족도 아니고, 친구도 아니고 생면부지(生面不知) 초면에 1
박하면서 손님도 아니고, 환자로서 방문도 너무나 낭만적이
라 할까, 이렇게 고마운 사람은 처음 본다.

● 1995년 3월 20일

오늘은 엘리스타 중심가에 있는 한국계 2세 집으로 이사
했다. 물론 하숙이다. 얼마나 지낼 것인지 알 수 없다. 그들
은 2세들로서 혈통도, 조국도 잊고 살아온 것이다. 여러 가
지 면에서 칼미크인 그대로다. 동양인이지만 고려인 같기도
하고 몽고인 같기도 하다.

나의 하숙집 앞에는 중앙시장(바잘)이 있다. 종합시장이
어서 식료품이 없는 것이 없다. 특히 고려인들만의 코너가
있는데 한국식 반찬은 무엇이든지 팔고 있어서 나로서는

대단히 편리하다. 식품으로서는 마늘·오이·꿀·당근·감자·파·양파 등을 팔고 있다.

꿀만은 순수하며 종류도 여러 가지로 설탕은 전연 섞지 않는다고 상인은 자신있게 나에게 사라고 권한다. 다른 의복 코너에서는 여러 종류를 팔고 있으나 전부가 외국산이다. 이 나라에서는 생산을 못하는 것 같다. 생산하는 공장 시설이 없는 것이다.

군대도 없고 근본적으로 육해공군이 전연 존재하지 않는다. 이 나라는 군인이 필요하지 않다. 그러나 눈에 안 보이는 무기가 있다면 부처님의 자비 정신인 것이다. 교통과 치안 유지를 하는 얼마 안되는 경찰이 있다.

생활용품 역시 대부분이 중국산이다. 그래서인지 시장에는 중국인 상인들이 눈에 띤다. 모스크바와는 달리 한국의 서울로 보따리 장사하는 상인이 엄두를 못내는 것 같다.

여기 상인들이 서울에 와서 남대문 시장이나 동대문 시장 등을 돌아본다면 기절초풍할 것 같다. 많은 물건도 필요없고, 소규모 장사로서 만족하고 불편없이 잘 살아가는 것을 볼 수 있다. 특색이라면 여기 사람들은 왁자지껄하는 한국 스타일을 안 좋아한다. 모든 면에서 말이다.

주식인 식빵은 모든 국민의 생명이기에 정부가 경영하는 빵집에서 염가로 생산, 판매하고 있다. 식빵은 두 종류로 만들어서 판다. 주식으로 먹는 빵은 누구나 부담없이 손에 들고 다닌다. 집에 가서는 영양가 있는 우유와 버터·치즈 등을 발라서 먹는다.

외지에서 승용차로 아침 일찍 왔다가 저녁에는 온 곳으로 돌아가는 행상인들이 많이 왕래한다. 이들은 부호 상인이지 결코 빈곤한 상인이 아니라는 인상을 받는다.

특히 러시아인이나 나라를 겉으로만 보고서는 잘 모른다.

깊이가 있으면서 겉으로 드러나는 것을 좋아하지 않는다. 모든 면에서 그러하다. 다소 비밀 같은 점도 없지 않다. 가끔 겉만 보고 판단하면 큰코 다친다. 주의가 필요하다.

1992년 모스크바 시외에서 살던 아파트의 이삿짐을 사람을 시켜 엘리스타로 가져왔다. 안전하게 가져온 것은 불구(佛具)뿐이고 기타 나로선 꼭 필요한 전기 담요, 의복 등의 물건은 돌아오지 않는다. 체념한다. 신경쓰면 건강에 해로울 것 같아서 방하착(放下着)이다.

● 3월 31일(2월 15일 涅槃祭日)

오늘은 부처님 열반제일이어서 엘리스타 달마센터 불교 청년 몇 사람을 초대, 법회를 보았다. 다과회 같은 분위기를 만들어 간단히 의식을 하고 나서 법좌를 만들었다. 열반의 뜻을 라브단 스님의 통역으로 설명했다.

티베트불교만이 진짜 불교라고 알고 있는 그들이 통불교(通佛敎)에서 공론하는 열반의 참뜻을 경청, 법열(法悅)을 느끼는지 이날도 밤늦게까지 귀가하는 것도 잊고 즐거운 시간을 가졌다.

여성 불자 한 명이 처음으로 5만루블이라는 큰돈을 시주금(단나)이라고 내놓고 간다. 놀라운 일이다. 처음 있는 일이다. 그녀는 학교 영어 선생으로 다음 법회에도 또 나오겠다고 인사하고 돌아갔다.

통역하는 청년 불자는 점잖고 영어 실력이 있어서 나에게는 절대로 필요한 존재이다. 누가 말하기를 영어를 잘하니 KGB일지도 모르니까 조심하라고 충고해 주었다.

● 3월 26일

모스크바에서는 부처님 오신날 봉축 법요(法要)·강연

등 두 번 다 러시아 불교협회 사무국 라브나노브(Ravna-nov)와 일본산묘법사계(日本山妙法寺系) 데라자와 상인(上人)과 협력, 역사상 처음 있는 불탄절 축하법회를 가졌다. 이는 참으로 의미가 깊으며 모든 불자 신도의 덕택이라고 감사하는 마음 금할 길 없다.

공산 치하에서 해방되어 자유민주화 바람에 종교 신앙의 자유가 옴으로써 역사상 처음이었던 부처님을 흠모하는 불탄절 행사를 모스크바 크레믈린 근처 어린이공회당에서 비교적 범불교·초교파로서 거행했다는 것은 사상 처음이라 자부심을 가지게 한다.

소납(小衲)은 유일한 한국승으로 일본승 그룹, 브리야트 공화국에서 온 라마승, 그리고 불교와 석존을 따르는 신도, 반대중(般大衆) 샤먼에 이르기까지 법좌를 같이하게 되니 감개무량하다.

러시아불교협회 라브나노브는 지금도 불교활동을 하고 있는 인물이다. 브리야트 영어도 잘하고 매회 열리는 WFB 세계불교대회도 꼭 참석한다 말한다. 사교성도 좋고 인상이 좋은 편이나 어디엔가 줄이 있는 것이 아닌가 싶다. 악의는 아니지만 요주의 인물이다.

대한불교 조계종 서의현(徐義玄) 원장은 만등불사에도 같이 참석했고, 석가산(釋伽山) 스님, 삼론종(三論宗) 스리랑카 불교대가 주최하는 국제불교 수계식(授戒式)에도 참가하였다. 티베트 달라이라마 법왕께서 오셨을 때도 같이 점심공양 석상에 나간 일이 있다. 이 모든 것을 그가 주선하였다.

이러한 불교계의 국제대회에 나가서 느끼는 것은 종교란 정치에 이용당하지 말고 순수하고 정치적 이념을 초월하여야 한다는 것이다. 정치를 선도할 수 있는 고차원적 성현들의 사랑과 자비심을 모토로서 지상 천국을 건설하는 역할만을 생각해야 되지 않나 하는 점을 느낀다. 유니버셜 휴머니티라 할까.

이질성도 포용하고 나아가는 우주적 성심(聖心) 말이다. 어려운 표현으로 다시 말하자면 정교(正敎)가 분리하면서도 손을 잡고서 홍익인간(弘益人間)이라는 대공사에 보조를 맞춰나가야 되지 않을까 잠시 생각해본다. 귀국할 때마다 러시아불교를 도와주자고 종용하나 마이동풍(馬耳東風)이다.

● 양력 4월 초파일(불탄절)

4월 8일, 오늘은 부처님께서 이 땅에 오신 불탄일이다. 엘리스타 시내에 있는 불교청년의 모임이 있는 달마센터로 한 노인이 목에 108염주를 걸고서 6자대명왕(六字大明王) 진언 옴마니반메훔, 옴마니반메훔 부르면서 들어온다. 얼굴이 한국인 같기도 하고 비슷하다.

관욕(灌浴)도 안하고 특별한 의식 없이 찬불가와 축하법문으로 싱겁게 끝난다. 모스크바에서의 불탄절과는 천지차이다. 티베트불교는 달라이라마 법왕이 최상이지 석존님의 존재가치랄까 일대사(一大事) 인연을 잘 모르는 것 같았다.

고려인으로 마사지 의사 김아로가지가 라면 20개를 가지고 와서 먹으라고 준다. 위에 안 좋은 것을 알면서도 성의에 보답하고자 먹어본다.

오후에는 여교사의 불교회 모임에서 불탄일이라고 초대하여 갔다. 오는 길에 약방에 들어가 중국산 상품인 십전대보탕을 한 병 먹으라고 사주었다.

며칠 전에는 녹각(鹿角) 한뿌리를 갖다주더니, 꿈에서 어느 노인이 나오더니 불쌍한 한국 스님은 치료비를 받지 말라고 그냥 치료해 주라는 꾸지람을 들었다면서 치료비를

죽어도 받지 않고 약품만 사준다. 이상하다.

여기 불교 신도들은 티베트불교 스님들만 존경하지 나 같은 한국 불교 승려는 스님으로 보지 않고 거사(居士) 정도로 보고 있다. 기분이 안 좋아도 할 수 없다. 타향에 와서 살다보니 이런 사람, 저런 사람 틈에 살아가는 팔자도 보통 팔자가 아닌 것 같다.

평하는 것은 아니지만 대부분의 칼미크 사람들의 성격은 순진하면서도 교활하다. 별도로 신경을 쓰게 된다. 차라리 스리랑카 불교 신도들이 진실하고 순진하며 착하다.

여주인이 국제전화요금 고지서를 건네주는데 요금이 많이 나왔다. 제주도 한원욱(韓元旭) 거사 집하고, 서울 용산 이태원 무량사 신도회장 방금봉(方今鳳) 집에 전화를 한 통화료가 13만 6천3백루블이다. 지불 기간이 4월 14일까지라 한다.

도무지 알 수가 없다. 이것도 쓸데없는 지출이 되고 말았다. 살기가 힘들어 제주도로 돌아가야겠다고 결심한다.

● 4월 9일

오래간만에 칼미크공화국 엘리스타 고려인 우의회(友誼會) 회장인 게리 김, 그리고 장보리수 선생 두 사람이 보(補)하라는 음식을 잔뜩 들고 왔다. 그러나 견이불식(見而不食)이라, 식욕이 부진하여 냉장고도 고장이라 옆집에 맡겼다.

하숙집 여주인은 금년에 72세인데도 불교신문을 배달하면서 포교활동을 계속하고 있다. 세계 2차대전에도 참전, 독일군과도 싸움을 경험한 바 있는 용감한 빨치산 출신으로 훈장도 받았다고 자랑한다. 열렬한 불교신자이다.

지금은 불교 달마센터에 나가면서 불화·부적·향(香)·

신문잡지 등, 특히 달라이라마 법왕의 사진 등을 팔고 다닌다.

틈틈이 돌아오면 나의 식사도 만들어 준다. 이러한 신심(信心)과 정력이 어디서 솟아나는지 알 수 없다. 72세의 노파로서는 극성스럽다.

오늘은 모처럼 김아로가지가 와서 심령치료를 해주고 갔는데 1개월 동안 치료를 받았으나 별 효과가 없는 것 같다. 엘리스타대학 스포츠센터 목욕탕에 가서 오래간만에 때를 벗겼다. 시설이 낯설어 불편하다. 허둥지둥 마치고 나왔다. 5천루블로 결코 싸지 않다. 하지만 비싸도 자주 와야겠다.

오후에는 라브단 제자를 앞세우고 전화국에 가서 모스크바 한국대사관에 있는 법무관 김선생에게 전화를 걸고 귀국절차를 의논했다. 좋은 대화가 되지 못했다. 개인사이니 알아서 본인이 주선하라는 것이다.

나는 무엇 때문에, 누구를 위해 여기까지 와서 이러한 고생을 사서 하는 것인지 나 자신도 잘 모르겠다. 포교활동을 하러 왔는지 지병 치료를 하려고 왔는지 답답하다. 용돈도 거의 떨어져가고 귀국할 SU비행기표 한 장이 전부이다.

역시 앞으로 한 달 동안 좌석의 여유가 없다는 여행사 이야기다. 사실이 그러한지 사무계통에서 장난을 일부러 하는 것인지 알 도리가 없다. 나의 인생에 일대 위기가 온 것이 아닌가하고 걱정이 된다.

● 4월 10일

돌아가는 날까지 불교전파와 문화 교류를 계속하고 싶어 오늘 저녁 나름대로의 의식과 라브단의 통역을 통해 가정 법회(法會)를 보았다. 루두밀라 학교 교사와 4,5명의 달마센터 회원들이다. 법회 중간에 낯선 중년 미인 여성이 들어와 자리에 앉는다.

같은 건물 3층에 사는데 법고(法鼓) 소리가 크게 울려, 불교인들 모임 같아서 무조건 참석한 것이라 말했다. 그녀는 러시아정교 신도였다.

그녀의 말에 의하면 한국에서는 불교 포교사는 들어오지 않고 기독교만 들어오는지 모르겠다며 좋지 않다는 말투였다. 아마 불교가 동양적이어서 러시아정교와 비슷한 점이 있어서 그런가 보다고 그녀는 말하였다.

이런 종류의 이야기는 모스크바에서 들은 바 있다. 미녀는 중간중간 웃기도 하고 혼자 중얼거리기도 했다. 몇사람의 질문을 받고 나서 미니 일요일 법회를 끝냈다. 라브단이 통역을 비교적 잘한 것 같다.

법열(法悅)이 충만하여 늦은 밤인데도 집으로 돌아갈 줄 모른다. 나 자신도 처음으로 보람있고 즐거운 시간을 가졌다. 밤 7시에 시작한 법회가 10시에나 끝났다. 자방(自坊)이 아니라 불편을 주어서 미안하다고 한마디 전했다.

● 4월 11일

이상하게 아침 식사 후 처음으로 설사를 했다.

목욕을 갈까 했는데 기분이 안좋다. 김아로가지 선생도 오늘따라 오지 않는다. 급한 환자가 생겨서 먼 곳으로 나간 것 같다. 운동삼아 나가서 바나나 1kg을 사가지고 들어왔다. 기운이 없다.

라브단도 오늘따라 연락이 없다. 집안에 가스가 흘러나오는 것 같다. 점검하러 오겠다는 사람이 오지 않는다. 여기서는 보통 약속을 하면 3년은 기다린다는 말이 있다.

이곳 사람의 습성은 시종(始終)이 여일(如一)하지 않고 약속을 안 지키는 일이 다반사로 일어난다. 믿을 수가 없다.

● 4월 12일

오늘은 칼미크 대통령이 취임한 지 2주년 되는 기념일이
라 공휴일이다. 작은 나라가 일을 하지 않고 걸핏하면 쉰다.
공휴일이 비교적 많은 편이다.

제주도에서 한선생이 못 온 것 같다. 남의 구원을 바라지
말고 돌아갈 결심을 했다. 불교 국가라고 해서 기대하고 왔
는데 믿고 살아가기 피곤하다. 비행기표와 수중의 300달러
가 전부다. 고려인협회 회장도 감히 더 참고 계시라는 말을
못한다.

뭐라해도 우리나라 한국, 대한민국이 살기 좋은 나라임을
나와 보니 절실히 느낀다. 다른 나라에 와서 살다보면 그래
도 잘하니 못하니 하고 말도 많지만 역대 대통령이 최선을
다했다고 본다. 그만하면 위정자(爲政者)나 기업인이 국민

과 국가 발전을 위해서 최선을 다했다고 생각하며 보이지
않는 곳에서 찬사를 올리는 바이다.

조금만 자기반성하고 노력하면 일등국민이 될 수 있다고
생각한다. 국내에서는 잘 모른다. 해외에 나가보면 잘 보인
다. 죄송한 이야기지만 국민들의 도의심 함양, 그리고 윤리
면을 고쳐 승화시켜 노력한다면 우리나라가 최고라 본다.

저녁에 제2차 법회를 열 예정이라고 모두에게 알렸으나
집주인 오라버니가 와서 술주정을 하는 바람에 무산되고
마니, 아쉽고 상식 없는 불청객 때문에 부득이한 상상밖의
일이 일어난 것이다.

● 4월 13일

어젯밤 야식에 중국산 라면을 먹고 설사를 했다. 아침에
부지런한 장보리수 선생이 와서 제주도에서는 한원욱(韓元

旭) 거사가 원병(援兵)으로 와주겠다는 소식을 전해주고 돌아가니, 모스크바여행사 소피아 여사가 연락을 준 것이다.

장보리수와 라브단 스님이 앞장서서 고려인 여성 교장을 방문했다. 학교 사무행정이 바쁘다 해서 작별인사만 하고 나왔다. 고려인 교장으로서, 덕망 높은 교육가로서 높은 평가를 받고 있어서 자랑스럽다고 한다.

지난번 러시아 정신문화원(Science Academy)에서 행한 강연에서 공화국과 대통령에 관한 정견(正見) 의견을 강조해 준 데 대해서 사의를 표한다는 메시지를 장보리수 선생을 통해서 받았다.

후문이지만 나의 연설 내용을 가지고 경찰과 KGB 정보과에서 심사·검토를 하고 OK했다고 하니 긴장되었다. 내용은 칼미크공화국의 불교적 국가관에 깊은 감명을 받았다고 하는 답례였다.

김아로가지 선생이 출국에 필요하다고 병원장 진단서 한 통을 가지고 와서 긴요할 때 사용하라며 주고 갔다. 어디를 가든 믿을 만한 고마운 우리나라 사람이 있음을 마음 든든하게 느꼈다.

● 4월 14일

오늘도 아침 산책을 나가본다. 역시 보행하는데 다리가 흔들거리면서 힘이 없다. 태양을 바라보고 아침 인사를 올린다.

산책을 마치고 아파트로 들어가려니 문이 잠겨져 들어갈 수가 없다. 보통 문제가 아니다. 남의집에서 살다보니 별일이 다 생긴다. 진짜로 불가항력이다. 여러 가지를 경험하게 된다.

9시 30분까지 서성거리며 밖에서 기다렸다. 열쇠를 불단에 놓고 잊어버리고 나온 것 같다. 시장해서 식당에서 일하는 라리사 여사한테 가서 사정을 얘기하고 수수밥과 식빵 한 조각을 받아 아침 식사를 해결했다. 빈손으로 집을 나왔기에 식비 지불을 못했다.

정오가 되어 연락을 받은 김아로가지 선생이 와서 나를 구원, 아파트로 데려갔다. 오늘이 바로 김아로가지의 50회 생일이라고 말했다. 생일기념이라고 집으로 돌아와 일본제 녹음기 1대와 천수경(千手經) 염불 카세트, 그리고 손목시계도 주었으나 사양한다.

고마워서 나는 정신없이 준 것이다. 나의 속마음은 귀국하려고 소지품을 처분하는 심정도 있었다. 시계는 왜 받지 않느냐고 물으니 자신의 몸에 흐르는 강한 전류 때문에 시계가 며칠 안가서 고장이 난다고 말하면서 정중히 거절하였다. 나는 여기 와서 별난 사람을 다 본다.

봄바람이 살랑살랑 고향의 봄나물국 생각이 난다. 먹고 싶어서 못견디겠다. 이처럼 향수에 깊이 빠져 보는 것은 이번이 처음이다. 원인은 나의 건강이 그러한 작용을 일으키는 것 같다. 오늘 일기를 쓰면서 벽에 걸린 달력을 바라본다. 틀림없이 4월 14일이다.

라브단이 전화로 전해준다. 오늘이 티베트 독립기념일이라고. 나라도 없는데 무슨 독립기념일이냐고 그에게 반문했다. 그것은 일종의 독립운동을 촉진하는 뜻에서 정한 것 같다고 하면서 기념행사에 가자는 것을 거절했다.

● 4월 16일

오늘 안내 받은 곳은 무인(巫人)들이 잘 온다는 약수터이다. 옛날부터 있었다는 이름난 약수터이다.

1만 5천루블의 기름값을 주고 약수를 운반했다. 도중에 칼미크 정부가 주관하고 진행중인 불교단지에 들어섰다. 의료시설과 불교사미학교 등이 들어선다는데, 인도에 망명중인 법왕 달라이라마 14세를 장차 이리로 모셔오려고 공사 중인 것 같다.

나 자신은 건강 등 모든 고통이나 어려움을 다 잊어버리는 뜻있는 불사라 하기에 그 안에 빠져든다. 대작불사(大作佛事)라 하면서 인도정부의 지원도 있을 것이라 한다.

옛 법우(法友) 한 사람이 경비하는 불자에게 5천루블을 수고한다고 시주한다. 여기서는 옛날에 6·25전쟁 후 미군만 보면 무조건 손 벌리는 버릇처럼, 한국인은 누구나 돈 많고 잘사는 부자로 아는 것 같다. 나는 바라는 사람을 만나면 아낌없이 무조건 주는 편이다.

법우와 라브단과 대화하면서 불교가 현대화되고, 현대가 요구하는 현대불교를 부흥시켜야 국가도 동시에 발전되니,

구태를 과감히 벗어버리고 거듭나야 된다고 열변을 토하니 무슨 의미인지 윤곽을 이해하지 못하는 것을 보고 한심한 생각이 들었다.

돌아와서는 피곤함을 잊고 그래도 몇 동지들과 일요법회를 보았다. 그래도 10여명이 모였다. 열성불자들이다. 법회는 밤 10시에 끝나고 법담(法談)과 야식을 들며 좋은 분위기에서 모임을 가졌다. 밤 12시가 지나서 모두 귀가했다. 술과 담배는 절대로 금하고 있다.

● 4월 17일

장보리수와 김아로가지 등 교포들과 전화국에 가서 한국 제주도에 국제전화를 했다.

서울 감로여행사로 출국 수속을 하라고 팩스 전문을 보냈다. 여러번 발송했으나 허탕인지 도무지 이 나라의 모든 것은 잘 알 수가 없다. 감로여행사 홍여사는 양심적으로 사업하는 독실한 불자이다.

돌아가는 길에 김아로가지 의사가 양고기(바라니나)를 대접한다고 카페로 안내했다. 또 만두를 먹자고 교포가 운영한다는 한 식당으로 안내했다.

오늘은 종일 먹다가 시간을 보냈다. 이 나라는 고기 중에서 다른 고기보다도 양고기를 제일 좋아한다.

교포 식당에는 2, 3명의 러시아 미녀들이 목에는 십자가 목걸이를 하고 일하고 있었는데 아름다움을 자랑하는 것처럼 보였다. 즉 자신의 미모에 자신만만하다는 표현이기도 하였다.

한국의 대구 시내의 어느 식당에서도 미모의 러시아 여성들이 종업원으로 있다고 쓸데없는 말을 했다.

오늘은 식복이 터져 식사를 몇 번이나 하는지 모르겠다.

몸도 컨디션이 아주 좋다. 그래서 슬며시 겁이 난다.

이곳 엘리스타에 있는 각 학교는 불교재단 학교로서 운영하고 있지 않으나 학교마다 불교 전임강사가 있어 불교반 활동을 하고 있는 것이 실정이다.

첫번째 강의하던 대학에서 라브단이 감사장을 받아왔다. 감사장에는 한국불교계 학교하고 결연을 맺고 싶다는 내용이 있었다. 라브단과 교포 장보리수 선생 소개로 국립대학에서도, 시립전문대학(약대)에서도, 중고등학교에서도 한번씩 불교에 관해서 강연을 했다.

대부분 강연 나갈 때 시주금을 주고서 학교측에, 혹 장학금 일부로 써주기를 부탁한다. 여선생들 불교반에는 교장도 일반 자리에서 강의를 경청하고 돌아가니 인상이 깊었다.

● 4월 19일

완연한 봄날씨이다. 이곳에도 벚꽃이 여기저기 피기 시작
했다. 이름도 모르는 푸른 풀들이 올라왔다. 모양이 비슷하
기에 혹시나 쑥인가 하고 보니 아닌 것 같다. 잠시 고향 생
각에 잠긴다. 부녀자들이 여러 가지 봄나물을 길에다 펴놓
고서 팔고 있을 것이라는 상상을 해본다.

사람일이란 내일 무슨 일이 생길지 모르고 지낸다. 돌아
가야 되는지, 그냥 여기에 주저앉아 버릴까 마음의 결정을
못 내린다. 늘어만가는 이삿짐을 안에 들여놓고 살 준비를
한다. 불단(佛壇)도 다시 모시고…….

이곳에서는 한국 스님은 역사상 처음 왔다고 해서 좋게
보일려고 최선을 다한다. 그들이 먼 데서 힘들여서 가지고
온 무거운 소형 냉장고도 가져오고, 남아있던 쌀도 실어

왔다.

집주인인 마담에게 방값 100달러를 주었다. 오후에 의사인 김아로가지가 치료를 왔다가 50달러 정도 되는 루블을 주고 갔다. 세상에 살다보면 좋은 사람도 만나며, 싫은 사람도 만나게 마련이다. 가다보면 중도 보고 소[牛]도 본다는 우리 속담처럼.

그러나 진짜 귀인을 상봉한다는 것은 하늘의 별따기이다. 덕이 있어야 하늘이 만나게 해주시는 것 같다. 김아로가지가 바쁘다고 허둥지둥 나가고, 라브단 상좌(上佐)는 끝까지 나머지 집안 정리를 도왔다.

● 4월 20일

어제 이사하고 나니 오늘은 봄비가 부슬부슬 내린다. 만물이 소생하는 감로법우(甘露法雨)라 안도감을 갖는다.

　지난 주에는 고려인협회의 안내를 받아 농장을 방문했다. 그때 교포들이 이구동성으로 이곳은 비가 전연 내리지 않는 불모지여서 수확하기 힘들다고 한 말이 떠오른다. 공동농장이라 우물을 파서 어려운 농사 기적을 일으키고 있다는 말이 떠오른다.

　사람 살리는 비가 내리니 춤이라도 추지 않았을까 상상도 해본다. 그것은 비단 고려인촌만을 위해서라기보다는 만물 평등의 단비가 더욱 많이 내려줄 것을 기원한다.

　일기 탓인지 수술(위암)한 자리가 불쾌하게도 따끔따끔 쑤시기 시작한다. 내일은 엘리스타 병원에 가서 진찰을 한번 받아야겠다. 야밤에는 구갈증(口渴症)으로 목이 탄다. 또한 잠을 잘 이루지 못한다. 식사는 그럭저럭 잘하는 편이다. 목욕탕에 가도 저울이 없어 체중의 변화를 알 길이 없다.

건강에 대해서 신경을 쓰자니 그렇고, 안 쓰자니 그렇고 어떻게 조정해야 될는지 나도 모르겠다. 나의 귀중한 인생살이를 기록해 남겨두고 싶은 마음에서 잘 쓰지 못하는 일기를 쓰고 있는 것이다. 1일 천추지감(千秋之感)으로 제주도에서 온다는 한선생(韓先生)을 기다리고 있다.

● 4월 21일

어제는 봄비가 부슬부슬 내린 일기 탓인지 복통이 일어나 기분이 몹시 우울했다. 오후에는 라브단 법우(法友)와 마주 앉아서 마음의 문을 열고서 한국불교쪽으로 방향을 돌려보라고 종용했다. 라브단은 빙그레 웃으며 확답이 없다.

송광사(松廣寺) 국제선원(國際禪院)과 순천 선암사(仙巖寺)도 같이 소개해 보았다. 그러기 위해서는 명칭을 한국불교문화원이나 통도사(通度寺) 별원(別院 : 스위스 소재) 같은 별도의 기관이 서야 하는데 이것 역시 종단의 뒷받침 없이 개인으로서는 불가능하다.

부근에 자리한 여기서는 바잘이라 칭하는 종합시장에 나가보았다. 여러 가지, 그리고 여러 나라 제품들이 선을 보인다. 이 나라는 빵을 만드는 공장만 있는 것 같다. 흔해빠진 볼펜도 모두 외제이다. 라면도 중국산(군인들 식량)이다.

구경 나간 기념으로 영어로 일본 오사카라고 써 있는 우산을 하나 사가지고 돌아왔다. 생활용품이 대부분이고 고급 물건은 나와 있지 않다. 그런 것은 백화점에 있는 것 같다.

식생활 문화는 높은 영양가 있는 식품이나, 약품도 거의 필요 없다. 모두가 건강하며 자연산 식품으로 무공해 식품을 섭취한다.

약국에 가면 동양인들의 보약 등 인삼주, 십전대보탕 같은 약품들인데 전시품이지 사가는 사람이 거의 없는 것 같다.

자연 식품을 매일 섭취하고 소욕지족(少欲知足)하는 욕심 없는 생활문화가 과학적이며 무병장수하는 원인인 것 같다. 못사는 것이 못사는 것이 아니고, 잘먹고 사는 것이 잘사는 것이 아니라고 말하고 싶다. 양보다도 질적으로 현명하게 살자고 하는 말이다.

저녁에 예정대로 라브단 불자가 와서 하는 말이 5월 16일은 칼미크 민족문화 행사가 있다고 초대했다.

● 4월 22일

칼미크 출신으로 미국에서 공부했다는 티베트 불교승 림포체라는 법계(法階)가 있는데 국영 TV를 통해서 그의 생활 등이 소개되었다.

러시아어도, 칼미크어도 쓰지 않으며 영어만을 구사한다.

달라이라마 법왕청에서 임명하여 이 나라에 파견한 특사이
다. 권리가 대단하여 칼미크 불교를 좌지우지한다. 인본주
의(人本主義)인 불교에서 카리스마적 권위의 법권이 필요
한 것인지 모르겠다.

의사의 충고가 왔는데 양주(洋酒 : 주로 포도주) 반주하
는 것도 삼가라고 한다.

지금 나는 제주도에서 오겠다는 구원병이 오기만을 기다
리는데 무소식이다. 나에게 주어진 운명이고 천명이라고 모
든 것을 선의(善意)로 받아들이자고 다시 결심한다.

김아로가지가 시장으로 데려가서 이태리 제품 고급 신발
을 사주었다. 나는 지금 신발이 문제가 아닌데 너무나 친절
히 대해주니 마음이 편치 못하다.

라브단은 친구 결혼식이라고 오지 않고 다음날 온다고 한
다. 김아로가지와 전화국에 같이 가서 서울 감로여행사로

연락을 했다.

저녁에는 이사한 집에서 처음 안택(安宅) 기도를 올렸다.

● 4월 23일

오늘은 우리나라에서 성묘하는 날인 한식·청명과도 같은 공휴일이다. 칼미크인들의 묘지가 어디에 있는지 알 수가 없다. 그러나 러시아정교에서만은 전통의식을 계승하고 거행된다고 한다.

TV 뉴스 시간에 정교회(正敎會)에서의 성사(聖事)를 소개해 주었다. 여기도 우리나라처럼 조상숭배가 있는 것 같다. 동양적이기도 하다. 이러한 조상숭배는 우리 한국인들과도 흡사한 점이 있다.

한반도의 지리풍수로 보아서 민족의 혼이란 경천애인(敬天愛人)과 홍익인간(弘益人間)과 조상을 숭배하는 것만을

보아도 우리 민족은 우월한 민족임을 새삼 느낀다.

오늘도 정기법회에서 영적인 희열(喜悅)을 느낀다 하였다.

● 4월 24일

마지막 인사로 티베트 불교센터를 다녀왔다. 성지 순례자로서 성지의 흙을 한주먹 가지고 간다.

오후에는 고려인협회장과 젊은 칼미크 불교청년들하고 대화하면서 부득이 자의반 타의반으로 돌아갈 수밖에 도리가 없음을 설명하고 공감을 구했다. 라브단이 카메라로 사진을 계속 찍는다. 오늘 석별의 점심에 바라니나 양고기탕이 나왔다.

짧은 체류 기간이었으나 나로서는 물심양면으로 정성을 기울여 한국인 스님이 다녀간 후문이 나쁘지 않도록 부족하나마 최선을 다하고 돌아가는 것이다.

만나는 즐거움도 좋으나 이별하는 작별도 쉽지 않다. 이 것저것 신경을 쓰게 된다. 김아로가지 의사가 4월 25일 오후 1시발 엘리스타발 모스크바행 비행기표를 사가지고 왔다.

그는 나를 위해 돈을 아낌없이 쓰고 있으니 고마우면서도 불안하다. 한국행을 바라는 것이 아닌가 하고 말이다. 그는 몸에 천신(天神)을 모시고 살아가는 사람이라 말한다. 인간의 마음으로서가 아닌 것 같다. 그래서인지 보통사람의 일반적 상식을 초월하고 있는 것 같다.

저녁에 집주인이 조카를 데리고 와서 신수를 봐달라고 해서 깜짝 놀랐다.

오늘도 석별의 뜻이 깊어 밤 12시에 각자 집으로 돌아갔다. 가지고 있던 나의 생활용품을 거의 모두 필요하다는 사람들에게 선사했다.

2. 일기문
·

● 4월 25일

돌아가는 날이 오고 말았다.

아침 식욕이 없어 죽(망가)을 들었다. 불자들이 몰려와 나의 보잘것없는 소지품을 정리해 주었다. 장보리수 선생이 들어와서 정부와 협회가 공동 사인한 초청장을 주었다. 또 오라고 하는 뜻이 담긴 초청장이다. 고맙다. 나를 그렇게 생각해 줘서. 다음에는 더 좋은 도움을 주고자 결심했다.

● 4월 26일

엘리스타 고려인협회 회장 게리 김(Gerey Kim)의 주선으로 모스크바 시내에 거주하는 회장의 동생 집에서 23일 동안 비행기표 때문에 잠시 머물게 되었다. 동생 되는 이는 모스크바 항공대학을 나온 2세이며, 부인은 소아과 의

사이다.

러시아인 이상으로 상류생활을 하고 있었다. 가끔 한국의 서울에도 갔다온다고 자랑하며 선물이라고 하면서 된장과 고추장을 식탁에 내놓는다. 처음에는 북한에서 한국으로 수출한 것으로 알고 있었다 한다. 간장도 한국에서는 조선간장, 일본간장 등 명칭도 자유롭게 사용하고 있음을 힘주어 설명해 주었다.

우리 남북간의 정치와 체제가 다르다고 해서 민족 고유의 전통문화와 일반언어 사용에까지 이질성을 구태여 나타낼 필요는 없다고 본다.

쓸데없는 것에 신경을 쓰게 되는 현실이 안타깝기만 했다. 물론 정치적 이념·사상도 중요하지만 그것보다 더 중요하다고 지적하고 싶은 점은 단일 민족문화를 분열시키며 말살시키지 말아야 된다고 본다.

2. 일기문

•

비행기표는 한세여행사 김선홍 사장과 한국대사관에 있는 김법무관에게 사전 부탁해서 결국은 회장 동생이 완전 OK를 받아주셨다.

● 4월 27일

나의 건강이다. 위암 수술 후에도 무리하게 해외여행을 나서는 운명으로 죽음을 항상 눈앞에 안고 다니는 격이다. 생각하면 칼미크공화국에서도 비교적 많은 사회·종교 활동을 한 셈이다. 매주 일요일 불교청년 정기법회와 각 학교와 기관의 초대 강사 등으로 이쪽에서 상대방에 오히려 보시·헌금을 해왔다.

자비를 들여 봉사활동을 하니 포교비도, 생활비도 어렵게 되고, 더구나 세계평화탑 건립 운운 한 것도 이루지 못해 양심에 가책을 받아 더 이상 있을 수가 없는 지경이다. 누가 가라고 한 것도 아닌데 혼자 나와서 고생하는 셈이다.

칼미크공화국에서 강연할 때마다 티베트불교에만 집착하지 말고 대승적(大乘的) 국제불교, 나아가서는 범종교운동으로까지 나아가야 한다고 역설했다.

그렇게 하지 않고서는 교파주의(敎派主義)나 우월감, 그리고 배타주의(排他主義) 같은 길로 이 나라 불교가 나간다면 석존(釋尊)의 참뜻과는 거리가 멀어져 간다는 것을 명심할 것을 강조해 보아도 별로 반응이 없는 것 같다.

누군가가 나와서 불교 부흥운동을 일으켜야 되는데 남의 걱정같이 생각한다. 내 나라도 아닌 곳에 와서 왜 이렇게 신경을 쓰는지 나 자신도 잘 모르겠다.

오후에 OK라고 표기된 비행기표를 회장 동생이 가지고 왔다. 그의 말에 의하면 러시아인 보따리 장사들이 많아서 좌석이 없다는 이야기이다. 누가 말하는데 보따리 장사로

서울을 세 번만 다녀오면 모스크바 시내에 아파트 한 채를 살 수 있다고 말해준다. 어려운 생활고에서 벗어나기 위해 전부 이쪽으로 눈을 돌린 것이다.

한국 물건을 러시아인들이 좋아하는 것도 한 가지 이유이다. 현대·삼성 등 우리나라의 대기업이 자랑스러웠다. 그리고 의복류가 질이 좋고 마음에 든다고 실토하였다. KAL 비행기표는 1,200달러나 하기 때문에 대부분 SU러시아 비행기편을 이용하고 있었다.

3. 종교에 대하여

모스크바에 간 동기와 종교활동

1993년 4월 1일, 일본 도쿄에 살고 있는 장조사(長照寺) 주지 이시이(石井) 상인(上人)이 러시아에 나가보지 않겠냐고 돌연 전화를 하였다.

현재 러시아불교 부흥을 위해서 데라자와(寺澤) 상인이 고군분투하고 있으니 나보고도 가는 것이 어떠냐는 이야기다. 특히 해외포교나 전도를 하자면 자금도 있어야 되며, 개척자적 정신이 있어야 하는 것은 상식적인 이야기다. 데라자와 상인은 여러 명의 러시아 제자도 거느리고 있으며 어느 정도 기반이 서 있었다.

그와 협력, 우선 러시아불교도협회 사무실을 마련해 주었다. 제자들은 황색 법복을 수하고 법고를 치면서 크레믈린

궁전 광장으로 나가 가두 포교를 하고 있었다.

부처님 오신날 4·8행사도 크게 벌였다. 통일교나 한국 기독교에서는 활발하게 전도하고 있었다. 조계종에서도 혜명(慧明) 스님이 나오셔서 주로 고려인을 상대로 포교활동을 하고 계셨다.

모스크바 시민들의 생활문화가 동양문화와 비슷하다는 점을 발견했다. 우선 충효사상이 깊이 심어져 있었다. 부모에게 불효하는 자식은 단명한다고 말이다.

몽고와 중국문화도 접촉되어서 내려오는 것 같았다. 칭기즈칸이나 우리나라의 슈퍼맨 홍길동이 유명하다.

모스크바 시내 여기저기에서 활동하고 있는 종교로는 러시아정통교회가 터줏대감처럼 러시아전통의 교회 건축미를 자랑하면서 이 나라 국교로서 면면히 내려오고 있다.

종교 신앙의 자유의 문이 열리자 이 틈을 타고 해외에서 전파되어 들어온 종교는 일본에서 일련종계(日蓮宗系)인 일본산묘법사(日本山妙法寺)에서 데라자와 상인이 들어왔다.

한국에서는 개신교, 그리고 세계적 종교인 통일교, 대만(臺灣) 까우숑(高雄)의 불광산사(佛光山寺)이다. 다음은 개인적으로 대한불교 조계종에서 국제포교사인 혜명 스님(열반)께서 오셔서 주로 고려인들을 상대로 부처님 말씀과 조계종 종지(宗旨)와 선(禪)불교에 관해 열심히 전도생활을 하셨다.

특히 유명한 문선명(文鮮明) 목사님의 통일교는 종교와 문화면에서는 많은 러시아 청년층의 지지와 호응을 얻어서 가장 활발하게 모스크바에 중심을 두고 활동하며 좋은 반응을 얻고 있다.

원불교(圓佛敎)는 주로 여자 교무선생들이 들어와 고려

인, 한국 교포 2, 3세들의 한국어 교육면에 힘을 쓰면서 선
(禪 : 무시무처)이나 명상법, 기타 요가 수행법을 지도하고
있다.

여기에서 특히 알리고자 하는 것은 소위 무속인들의
(E.S.P) 심령과학이나 치료와 예언하는 여성이 큰 단체를
가지고서 사회 저변에 자리잡고 있다는 것이다. 필자도 모
스크바 무속협회원이다.

왕왕 러시아 샤먼 중에는 대학교수들도 있으며, 지성인이
비교적 많이 있는 것이 우리나라 샤먼들과 다른 점이다. 필
자는 서울 정릉에 있는 한국 무속인협회와 모스크바 협회
와 상호 교류하라고 결연을 맺어주었다.

러시아불교는 크게 동서로 나뉘어져 있으니 동쪽은 바이
칼호를 중심으로 브리야트 라마불교이고, 서쪽은 카스피해
안 쪽으로 상륙한 것으로 보이는 티베트불교이다.

칼미크공화국이 바로 티베트불교 국가이다. 제정(帝政)
러시아 왕도(王都)인 상트페테르부르크에 니콜라이 2세
황제가 창건했다는 왕실사원과 기타 불교 고적이 여기저
기 있다.

황제가 귀신병에 걸려서 종교신앙에 열중하고 있는 틈을
이용, 프롤레타리아 볼세비키 혁명이 일어난 것이라고 전해
진다.

종교집단의 현대적 의의와 책임

일본 가마쿠라(鎌倉) 시대에 출생한 일련교판(日蓮敎判)에 찬시초(撰時抄) 오강교판(五剛敎判)이라는 것이 있다. 교(敎) · 시(時) · 근(根) · 국(國) · 서(序) 등 다섯 가지 요인을 가지고 종교를 사회학적 측면에서 전후에 일어나는 반응을 설명하는 논문이며 일련종(日蓮宗) 교판(敎判)이다.

놀랍게도 막스 웨버(Max Weber)와도 비할 수 있는 쟁쟁한 종교사회학인 것이다. 그러나 니치렌(日蓮) 상인(上人)은 교판이라고만 하였지, 지금처럼 거창하게 종교사회학이라는 명칭은 사용하지 않은 것뿐이다.

교(敎 : 敎理) · 시(時 : 當代) · 근(根 : 사람들의　根機) · 국(國 : 나라) · 서(序 : 전후에 일어나는 반응)의 다섯 가지

조건이 조화를 이루면서 종교를 펴라고 경고하였다. 즉 종교 자체와 외부 사회가 관련되어 변용되는 실상을 지적한 것이다.

때를 알고(末法 白法隱沒) 법(달마)을 설하여야 된다고 주장하는 것이다. 또 사람(중생)을 근기(根氣) 수준·레벨 등도 알고서 설해야 된다는 식이다. 때도 모르고 좋은 것이라고 무작정 법(원리나 진리)을 설하지 말 것이다. 그 나라가 어떠한 나라임을 알고서 전파하라는 경고이다.

일본 불교계의 분파 고찰(종단과 분파와의 관계)

일본불교는 14종 56파(派)라고 한다. 실은 더 많을지도 모른다. 종단(宗團)이란 본가(本家)이고, 파(派)란 분가(分家)라 볼 수 있다. 파에서도 제2의 교파도 나올 수 있다. 이러한 분화 현상은 자연발생적이라고 보며 발전을 가져다준다.

분파된 교파는 본가인 종단이라는 큰집을 저버리지 않고 상호 마찰 없이 주종관계를 유지하면서 나가고 있는 것을 볼 수 있다.

본가의 종단이라는 큰집이 운이 다해서 구태연할 때 분가가 부족함을 메우면서 더 일층 발전해 나갈 수도 있는 것이다.

일련정종(日蓮正宗)인 대석사(大石寺)에서 창가학회(創價學會)가 탄생하고, 대본교(大本敎)에서도 천리교(天理敎 : 대학)가 나와서 분가로서 본가 이상의 공헌을 하고 있는 것을 목격한다. 분화는 문화가 발전해 가는 단계라고도 볼 수 있다.

종단으로서의 본가는 영원히 무궁 발전해 나간다는 보장이 없는 것이다. 세상은 생존경쟁이다. 뒤에 가던 사람이 앞질러 나갈 수도 있는 법이다.

병아리나 알(닭)이나 그놈이 그놈이다. 분가가 성장하여 어느새 본가인 종단을 앞지르는 발전은 좋은 현상이고 자연발생이라고 보고 싶다.

4. 칼미크공화국

칼미크공화국이란 어떤 나라인가?

필자가 처음으로 칼미크공화국 수도인 엘리스타에 와서 반관반민(半官半民) 단체인 고려인협회 장보리수 선생의 소개로 당시의 중앙청을 방문, 인사하니 총독(總督)이라고 칭했다. 얼마 안가서 두번째로 방문하니 총독은 어디로 가고 약관 34세의 대통령을 만나 인사했다. 창백한 얼굴의 청년이었다.

10년이 지나 대통령은 44세가 되어 이제는 의젓한 인품의 소유자로 변해 있었다. 그가 열성적인 불교도라는 점에서 티베트 법왕과 불교 신도 절대 다수 덕분에 무난히 초대 칼미크 대통령으로 당선된 것이라 한다.

자신도 개인 사업가로서 식구가 나서서 번 돈을 나라 살림에 바치고 있는 작은 인구의 나라이긴 하지만 이러한 착한 대통령은 처음 본다.

영부인도 영화를 포기하고 모스크바에서 식당을 경영하면서 부군의 정치생활을 받들고 있다니 한국 사람인 필자는 머리가 숙여졌다. 하늘에서 지상으로 내린 다른 세계의 사람이 아닌가 생각되기도 했다.

칼미크공화국은 완전 독립국이 아니고 러시아정부가 통할하는 연합국(Federation)이라고 불린다. 러시아 푸틴 대통령을 정치적·외교적으로 보좌를 잘하는 사람이라고 한다.

반은 정치가로, 반은 종교가로서 로마 바티칸도 자주 가고, 인도 달라이라마 법왕청도 출입한다는 풍문이다. 나라가 작은 탓인지 일급 비밀도 쉽사리 항간에 흘러나온다. 이상국가를 건설할 수 있는 이상적인 대통령인 것 같다.

불가 입장에서 보면 말법(末法)에 출현한다는 전륜성왕

(轉輪聖王)이 될 수 있는 성군으로서 동분서주하며 대통령 봉급도 못 받는지 모른다고 누가 말한다.

바라는 바는 후55백세에 백법은몰(白法隱沒)한다는 말세에 태어나 사명의식(소명감)을 가지고 세계평화 달성에 큰 힘을 발휘할 수 있는 중심인물이며, 국토는 바로 본지본법(本地本法)의 세계 계단(戒壇)이 봉안(奉安)되기를 기원한다.

칼미크공화국의 역사와 종교

칼미크공화국은 러시아의 서남부 카스피해 북서쪽에 위치하고 있다. 주민의 대부분은 칼미크인이며 러시아인, 체첸인, 고려인으로 이루어져 있다.

유럽 유일의 불교국가로 원래 몽고 유목민이었던 칼미크와 그들의 조상인 오이라트는 몽고제국이 분열된 이후인 15세기 전반에 독립 국가를 형성하였다.

16세기 말 중국의 침략을 피해 러시아로 향한 오이라트는 볼가강과 돈강 유역에 정착하여 칼미크 왕국을 건설한다.

17세기 초, 러시아와 밀접한 관계가 형성되고, 17세기 중반에는 러시아와 동맹을 맺는다.

1771년 러시아 차르의 학정이 있자 대부분의 칼미크인은 중가리아를 향해 떠나고 일부만 남아있게 된다.

19세기 초, 칼미크는 국가로서 형태를 갖추지 못하고 소비에트 연방의 하나로 편입된다.

1920년대에 자치권이 형성되고, 1935년에는 자치공화국을 수립한다.

1943년 스탈린에 의해 시베리아로 강제 추방되는 어려움을 겪다가 1957년 새로이 자치공화국을 건설한다.

1980년대 소비에트 연방의 정치적 위기 이후 1990년대에 들어 현재의 칼미크공화국을 세우게 된다.

1993년 일룸지노프 대통령을 선출, 오늘에 이르고 있다.

칼미크공화국의 종교는 티베트불교의 강력한 영향 아래 있다. 칼미크 불교의 특징 중 하나는 유목민 특유의 샤머니즘과 불교가 융합된 것이다. 샤머니즘적인 치병(治病) 행위는 아직도 주요한 부분을 차지하고 있을 정도이다.

수도인 엘리스타에는 티베트불교의 상징인 기와 지붕의 사원이 여럿 있고, 티베트에서 온 스님들이 티베트어를 사용하여 독경을 한다.

정부 예산으로 유학생을 티베트에 보내 승려를 양성하고 있다. 또한 티베트 망명 정부 법왕청의 림포체가 파견되어 종교 고문역을 맡고 있다. 2002년 달라이라마의 방문은 이러한 기반에서 이루어진 것이라 할 수 있다.

칼미크공화국 이케브루

2006년 9월에 수도인 엘리스타에서 세계 체스 챔피언 대회가 있었다. 키르산 대통령이 세계회장으로 재선출된 바 있다. 필자는 별 취미도 없고 건강이 좋지 않아 참석하지 않았다. 이 나라는 모든 행사에는 꼭 승려들이 참석하게 되어있다.

라브단 주지승이 세계평화탑을 건립하게 된 역사와 연혁을 영문으로 나에게 넘겨주었다. 몇 달이 걸려서 오늘에야 비로소 전해준다.

연혁을 통해서 알게 된 사실은 심각했다. 공사비보다도 필수적인 것은 불탑이 단지 건축물로서가 아니라 부자의 특수한 의식 등으로서 탑정신이라 할까, 혼이 깃들어야 된다는 것이다.

공사중 기도와 정성을 기울이지 않으면 마(魔)가 들어 장해가 초래된다는 것을 실감한다. 첫째는 창건주의 원력(願力)이다. 그리고 제천선신(諸天善神)과 불보살(佛菩薩)의 가호지묘력(加護之妙力)이 뒤에서 받쳐주지 않고서는 탑이란 겉모습만 세우는 것이 된다.

필자도 시작하는 진토제(鎭土祭)로부터 몇 번 신비적인 푸자 의식에 참석한 바 있다. 결코 탑이란 돈으로 세우는 것이 아니라는 것을 알게 되었다.

세계 8개국에서 불자들이 물심양면으로 동참했으며, 화주(化主)와 독지가의 헌금과 활동뿐만 아니라 끝까지 의식 전반을 책임 맡아서 초대받은 인도승과 네팔승 두 사람이 재계·목욕, 육근청정(六根淸淨)한 몸으로 열심히 정진한 공덕으로 대작불사(大作佛事)가 이루어진 것이 아니겠는가.

불사리 8과(顆)를 시주한 스님, 기타 칠보(七寶)의 복장
(腹藏)을 시작한 사람, 종교와 신앙을 초월한 휴머니티, 초
종파적으로 소의경전(所依經典)·성서·불전(佛典)과 국가
와 민족을 초월한 정성이다. 이러한 숭고한 정성의 결정체
가 여기에 건립된 평화탑이다.

승속(僧俗)과 종교, 민족과 국적 등을 초월한 일념에서
무명의 인사들까지 동참한 연혁 내용을 우리말과 일본어로
번역하면서 감개가 무량했다. 초탑공양(超塔供養)한 무량
공덕(無量功德)이 일체중생(一切衆生)에게까지 미치도록
기원하는 바이다.

지상에서 금전이 만능이 아니며 돈이 최고가 아니라는
점, 또 여기저기 탑파(塔婆)들이 많이 서있음을 알고 있다.

그러나 탑이라고 해서 전부가 진짜 탑이라고 쉽사리 인정
하기 힘들다. 잡심(雜心)이나 사심이 있으면 마(魔)가 끼어

4. 칼미크공화국

·

147

궁극에 가서 재난을 가져올 수도 있기에 청정무구(淸淨無垢)해야, 즉 불탑을 세우게 된 근본 정신이 바로되어야 된다고 믿어 마지않는다.

샤먼의 초대를 받다

어제는 라브단 스님을 따라서 무녀(샤먼) 집으로 초대받아 다녀왔다. 비포장도로를 약 1시간 30분 정도 달려갔다. 무당이지만 불교에 절대 귀의하고 있으며 우리 스님들을 여불(如佛)대접을 했다. 특히 스님을 외경(畏敬)하는 자세를 목격하니 우리나라의 샤먼과는 다르다는 점을 발견하였다.

불법을 구하는 마음과 법(달마)을 훔치는 것과는 구별이 있어야 한다. 구도(求道)와 훔치는 것은 다르다. 샤먼도 아무나 되는 것은 아니고, 신과 영(靈)이 분명하게 접신(接神)되고, 다음으로 팔자에 있어야 할 수 있다. 신에게 절대 복종하여야 할 수 있는 것이라 본다.

외국에 나가보면 지성인들 중에 큰샤먼이 더러 있음을 발견한다. 광주에 살던 일자무식한 김(金)무당은 일약 미국 LA대학 무용과 교수가 되었다. 하와이대학 심령학과 여교수도 독신녀로 자칭 샤먼이다.

하기야 누구나가 조금씩은 끼가 있게 마련인데, 바탕은 바로 그 끼가 작용하는 것이 아닌가 본다. 자고로 영웅이나 장군, 그리고 정치지도자 가운데 큰샤먼들이 큰 일을 한 것을 역사를 통해서 알 수 있다.

어제 찾아간 무녀는 숙원이 불교사찰(신전말고)과 평화탑을 건립할 것을 마음에 정하고 스님들에게 자문을 받고자 초대했다고 한다. 접신된 신이 나와서 하자는 대로 하는 것이 아니고, 먼저 불(佛)·법(法)·승(僧) 삼보(三寶)에 귀의하고 샤먼 노릇하는 것이 이상적이라고 본다.

우리 한국의 샤먼들도 열등의식을 버리고 자부심을 가지

고 고차원적이고 영적인 지도자가 되었으면 하고 바란다. 너나 나나 오십보 백보가 아니냐. 솔직히 그 바탕을 알고 보면 말이다.

작별할 때 무녀는 스님들께 약간의 헌금을 하고 자신의 승용차로 무사히 사찰까지 모셔다 주었다. 한국 스님인 필자보고는 사찰이 완공되면 와서 주석(住錫)하라고 권했다.

참고로 무녀의 신단(神壇)에는 인도 담마사라에서 달라이라마 법왕 방문시, 부산 대각사(大覺寺) 스님하고 같이 대화하고 있는 사진을 중앙에 모시고 있는 것을 보고 깜짝 놀랐다. 언제 무녀에게 준 것인지 나의 기억에는 없는데 기분은 그리 나쁘지 않았다.

가까운 시일 안에 큰 법회를 열라고 하니 꼭 와주시라고 미리 청한다. 언제 또 오게 될는지 나도 모르는 일이다.

4. 칼미크공화국

•

칼미크공화국(Kalmyk共和國) 대통령(大統領)
일본 오사카 방문(日本 大阪 訪問)
-2006년 7월 12~13일

러시아 상트페테르부르크에서는 CIS 각 공화국의 수뇌회의(首腦會議)가 개최중인데도 불구하고, 키르산(Kirsan) 대통령이 푸틴 러시아 대통령에게 신고도 없이 일본 오사카(大阪)로 들리러 온 것 같다. 이번이 찬스라고 본다.

평화탑 건립 2주년 기념행사를 여기 일본 오사카에서 보게 된 것이다. 미국 뉴욕에 살고 있는 방안자(方安子 : 메리 제인)도 피아노 연주 때문에 급히 서둘러 오사카로 왔다.

자랑 같으나 지난 7월 5일에는 이케브루 평화탑 앞에서 우연히 상봉, 구두로 일본을 방문하겠다는 확답을 받아냈다.

필자도 대통령 영접 때문에 한국을 경유하여 오사카로 갔다. 007이 연출한 국제외교를 전개한다.

초청인은 오사카에 있는 나카야마 요시코(中山芳子) 여사가 대표로 있는 종교 그룹이다. 범종교 운동도 하는 통일교계이다. 이단시당하고, 욕도 많았고, 결국 우리 부부는 불명예 제대를 하게 되는 비참한 처지에 놓이게 된다.

오사카 측에서 비교적 많은 재정적 지원을 하게 되어 어려운 평화탑 불사가 성취된 것이다. 평화탑 연혁에서도 주지인 라브단 스님이 밝힌 것처럼 8개국에서 물심양면으로 동참한 결과, 그리고 눈에 안보이는 제부선신중(諸夫善神衆)의 가호(加護)의 묘력(妙力)으로 어려운 공사인 탑불사가 완성, 낙경(落慶)을 보게 된 것이다.

대통령은 이러한 불사에 적극 협조해 준 것에 보답하기 위해 방문한 것이다. 평민으로서(V.I.P가 아닌) 오사카 시내

▲ 칼미크공화국 키르산 대통령

▲ 일본 대표 나카야마 요시코(中山芳子) 여
사와 키르산 대통령, 문공장관

◀ 사천왕사(四天王寺)를
방문한 일행

▼ 환영 파티에서 방육 스님과 야스코(安子) 여사

▼ 칼미크공화국 문공장관

에 있는 사천왕사(四天王寺)를 첫 번째로 참배하였다.

오후에는 나카야마 요시코 여사가 대표로 있는 교회에서 환영 리셉션이 있었다. 약 4백명의 신도들이 일장기와 칼미크공화국 깃발을 흔들며 열렬하게 환영해 주었다. 서로가 감격적인 순간이었다.

대통령은 일본어로 인사, 강연을 하였다. 일본 대중들은 놀라며 박수를 치면서 그를 우러러보고 환영하였다. 대통령의 상장과 기념품 증정이 있었고, 저녁에는 안자(安子 : 메리제인)의 피아노 연주와 합창, 그리고 일본 무용 등이 있었다.

이 일로 양국간의 문화교류가 깊어졌다. 관서공항 호텔에서 2박하고 대통령은 혼자서 출발했다. 공항에서 나카야마 요시코 대표와 밀담이 있었다.

평화탑에 관한 역사

러시아 칼미크공화국 이케브루라고 하는 성지에다 세운 탑의 높이는 11.6m이다. 1992년에 방문한 두 스님(일본 스님 데라자와 上人, 한국 方堉 스님)께서 우리들의 불교센터에 오셨을 때 칼미크공화국에다 세계평화를 기원하는 불탑을 건립하고 싶다는 발원을 발표하게 된 것이 불사 건립의 발단이 된 것이다.

당시 이케브루 사원 초대 주지 스님과 본인 라브단(당시 대학생), 1995년 방육(方堉) 스님이 다시 오셔서 키르산 대통령에게 정식승인을 받아낸 것이다. 2001년에 들어와서 우연히 여기저기에서 시주자가 나타나게 되었으니 최초의 시주자가 우리나라 칼미크 대통령과 러시아 국회의원인 쿠체

렌코(Kucherenco)라는 분이었다.

곧 인도사원으로 달려가서 수호국가와 평화탑을 건립하는 수호신을 모시고 오는 기분과 신념을 가지고 불경전 108권을 이케브루 사원으로 가지고 와서 봉안해 놓으며 열심히 성취기도(기원)를 계속했다.

우연치 않게 해외에 있던 티베트 불교승인 림포체 스님 두분이 오셔서 원만불사 성취 푸자를 봉행하시고 돌아가셨다. 그 공덕으로서 푸자 의식에 경험이 있는 젊은 스님이 2003년에 인도와 네팔에서 여기로 오시게 되니 더욱 탑을 건립하는 가능성이 많아진 것이다.

여기에 러시아 정부와 공화국 정부에서도 적극성을 가지고 협력을 아끼지 않았다. 신성한 종교적 푸자 의식을 통해서 염력(念力)과 축복을 주셨으며, 이러한 공덕으로서 러시아 정부나 국회에서도 수희공덕(隨喜功德)의 법회(法喜)가

충만하여 협력과 헌금이 들어오기 시작했다.

이러한 좋은 현황을 목격한 이케브루 현지사(縣知事)도 힘을 얻어 적극적으로 선두에 나서니, 유명하고 실력있는 설계·미술·조각가들이 줄을 지어 나타나서 걷어부치고 협력을 해주셨다.

탑공사가 중반에 들어서 공사대금이 달리기 시작할 무렵, 천우신조로 일본 오사카에 본부를 두고 있는 통일교계인 작은 단체의 대표인 나카야마 요시코(中山芳子) 여사가 약 4만 달러라는 큰 시주를 하게 됨으로써 완성의 미를 거두게 된 것을 자랑스럽게 공개하는 바이다.

그리하여 2004년 7월 15일에 역사적인 오픈 세레머니가 세계인류의 평화와 아울러서 종교 통일을 염원한다는 내용의 신비스럽고 아름다운 평화탑의 낙경(落慶)을 보게 된 것이다.

4. 칼미크공화국
•

▲ 평화탑 창건주인 라브단
(Ravdan) 스님

◀ 부처님 사리9과(顆)를 모시고
와 평화탑에 봉안했다.

▼ 평화탑 낙성식에 참석한 러시
아 정교회 신부들

▲ 평화탑 낙성식에 참
석한 일본 방문단

▶ 평화탑 시주자인 나
카야마 요시코 여사
와 방육 스님 부인
인 야스코 여사

▶ 평화탑 낙성식에 참
석한 러시아 스님들

정부 대표로서는 현 문화공보장관인 라리자봐지이리바 여사가 나와서 테이프를, 일본에서는 나카야마 요시코 여사, 다데베구미코(建部久美子) 여사, 미국에서는 메리제인 다시로 피아니스트(方安子 여사), 일본산묘법사(日本山妙法寺)계의 여러명, 러시아 스님, 그리고 러시아 정부 등 많은 내빈·불자·비불교인들까지 운집, 역사적인 낙경식전(落慶式典)에 축하를 올려 주셨다.

우크라이나 사원(일본 山妙法寺系)에서는 데라자와 상인(上人)이 시주한 불사리 8과(顆)가 탑 안에 복장으로 봉안되었고(비밀로), 각 세계 종교의 성전(聖典)들도 탑 안에 봉안시켰다.

이 평화탑 낙경의 꿈은 두 스님의 12년 간의 숙원(데라자와 상인과 方堉 스님)의 결실이 아니겠는가.

낙성식을 거행중에 허공에는 길조(吉兆)의 오색 무지개

가 나타나니 많은 참석한 사람들이 눈으로 목격했다고 전해졌다. 그후 이러한 길조의 무지개 뉴스가 인도에 있는 달라이라마 법왕한테까지 전달되니 이러한 희유난사(希有難事)의 길조를 진심으로 축하한다는 메시지를 받았다는 후문이다.

이러한 길조가 자연현상만으로 끝나지 아니하며 칼미크공화국의 국태민안(國泰民安)과 종교통일, 더 나아가서는 세계평화 달성에 성사(聖事)로서 이차 공덕이 전세계의 평화와 번영을 가져다 줄 것을 믿는 바이다.

이러한 것 이외에도 여러 명성있는 티베트 고승들께서도 비밀리에 칠보(七寶)의 보물을 복장으로 사용(헌납)하셨다고 전해지고 있다. 끝으로 나중에 식전이 끝나고, 필자가 일부러 오사카에서 전달한 원전(原典)도 같이 봉안하게 되었다. 보통 인연이 아니다.

4. 칼미크공화국

•

본인 방육 스님이 주석(住錫)중인 사원

필자는 10년 전부터 칼미크공화국의 옛 불교성지였던 이케브루에 있는 티베트 사원인 암자에 지도법사로 살고 있다.

이상하게도 불교학밖에는 모르는데도 한국에서 온 노스님으로서 점쟁이 스님이 주석하고 있다는 안좋은 소문이 나가지고 평균 매일 3, 4명 정도의 사람이 찾아온다. 점쟁이는 아니지만 인생상담 정도로 말해주어서 보낸다. 통역은 (영문으로) 나의 러시아 상좌(上佐)가 늘 옆에서 잘해준다.

이심전심으로 그는 벌써 내가 입을 열기 전부터 사전에 예감으로 알고 있는 것 같다. 거의 동시통역이다. 모두가 좋아하면서 만족하는 것 같다. 여기서 문제는 봐주면 거듭 감사하다는 인사말만 하고 그냥 돌아가는 버릇이랄까 습관이 있는 것이 나로서는 섭섭하다. 다소의 헌금(보시금)을 하고 가야 되는데 그냥 가니 말이다.

어느 날, 이곳의 신도가 찾아와서 러시아 스님인 나의 제자도 있는데 싫다며 꼭 자기의 기도는 한국에서 오신 노스님께서 해주실 것을 부탁한다는 것이었다. 그래서 조상천도라는 어려운 제사 기도를 해주었으나 이 여자 신도는 불전 없이(올릴 것) 그냥 가 버리고 말았다.

라브단 스님한테 이것은 삼보(三寶 : 佛·法·僧)가 무엇인지도 모르는, 너무나도 모르는 행동이니 근본 불교 교리를 우선적으로 가르칠 필요가 있음을 여러 번 충고하였다. 칼미크 불교도 어떤 이는 말하기를, 근본적으로 절의 중이란 중생을 제도하신다면서 우리한테서 꼭 돈(대가)을 받아야 하는가 하며 오히려 항의하는 이도 더러 있다.

어느 날 경찰 부인(공짜 기도하고 간 사람)이 울고불고

하면서 한 손에는 술병을 들고, 한 손에는 돈봉투(보시)를 들고 와서 스님 앞에 놓고 큰절을 했다.

몰라서 잘못을 범했으니 제발 용서해 달라며 어젯밤 꿈에 모르는 노인이 나와 꾸지람을 하더라는 것이다. 안절부절못하다 옆집에서 돈을 빌려 가지고 스님이 좋아하신다고 술 한 병을 사들고 온 것이다. 나는 여자 신도가 우는 것을 중지시키느라 진땀을 흘렸다.

여기 사원은 일정하게 모이는 정기법회일이 따로 없고, 매일같이 신도들이 참배를 한다. 또 병원에 가는 길이라며 먼저 사원에 와서 기도를 올리고 가는 신도(환자)들도 많이 있다. 그것도 일리가 있다고 본다.

그것도 그럴 것이 병원약을 먹기 전에 업장을 소멸하고, 약을 먹어야 효험(효과)이 온다고도 볼 수 있기에 그것도 좋은 신앙이라고 보고 싶다.

불교에서는 우선 탐(貪)·진(瞋)·치(癡), 삼독(三毒)을 모든 나쁜 결과를 초래하는 근본으로 알고, 삼독을 제거시키는 고해·반성·속죄 같은 기구(기도)가 필요하다고 보는 까닭이기도 하다.

이곳 칼미크공화국의 불교가 원시적인 것 같으나 실은 자연현상이기에 이 점을 승화시켜서 지양하면 고등신앙으로 발전할 수 있다고 확신한다.

근기(根機)를 따라 서서히 점차적으로 발전하는 과정으로서 부정적으로 보지 않는 것이 좋을 것 같다. 신앙도 주신앙과 보조신앙 양면을 적절하게 밸런스를 맞추는 것도 과학적이고 이상적인 방법이 아닌가 싶다.

5. 부 록

나의 미국(美國) 뉴욕(New York) 생활(生活)

나는 1995년에 러시아에서 생활하고 있었다. 범종교통일과 연합운동을 하는 까닭에 각 종교지도자, 목사님, 신부님과 식사도 하고, 대화를 자주 하고 지내는 사이였다.

하루는 통일교 목사님 내외분의 저녁식사 초대를 받았다. 독일에서 전도 활동을 하고 계신다고 자신을 소개했다. 국제결혼(축복)에 관한 이야기가 나왔다. 솔직한 심정은 러시아에서 영주하기 위해서라도 국제결혼을 하고 싶은 처지였다. 나는 호감을 가지고 중매를 부탁하여 정식으로 통일교 쪽에 등록, 보고가 들어갔다.

희망은(대상자) 러시아 여성이었다. 그런데 빗나가 미국 여성이 나타났는데 전생의 연분인지 문선명 목사님의 음악

가정교사인 피아니스트로 일본인 3세였다. 1995년 서울에서 36만 쌍 중 한쌍으로 축복받게 된 것이다. 이름은 메리 제인 다시로 야스코(安子)라고 부르는 여자였다.

제주도 신혼여행 후 신랑인 필자는 러시아로 왔다.

얼마 안되어 미국에서 소식이 날아왔다. 브리지포트대학 강사로 임명될 것 같으니 속히 미국으로 오라는 연락이었다. 그리하여 허둥지둥 뉴욕으로 가서 통일교신학교에서 불교철학과 선학(禪學)을 강의하게 되었다.

매주 화요일에 야스코상의 안내를 받아 학교에 나가서 여러 나라 언어로써 근본불교와 석존의 진리 말씀을 전했다. 뉴욕의 중국계 장엄사(莊嚴寺) 낙성식에 티베트 달라이라마 법왕이 오셔서 뵙고 기념사진을 찍으며 통일교의 초청장과 헌금봉투도 같이 올렸다.

미국 신문에도 널리 알려져서 여기저기서 인사를 받으면

서 유명해지자, 어느 학교에서 기자가 찾아와 인터뷰하게
되었다. 다음은 그 내용을 소개하고자 한다.

-BANG YOOK(방육) -영문 번역

방육(方堉)은 1926년 12월 4일 한국의 서울 태생이다. 그
의 취미로는 스케이트, 음악감상, 도보 그리고 세계여행을
하는 것이라 한다.

그는 여러 나라의 언어를 구사하는데 중국어·러시아
어·영어·일본어, 그리고 한국어 등이다.

그는 틀림없는 불교의 승려로서 뿐만 아니라 영육을 치유
하는 의사이며, 선생도 되고, 점술가 등 여러 가지 역할을
엄수하는 스님이다.

그가 방문 여행한 나라들이란 일본·스리랑카·태국·스

위스·오스트리아·베트남, 그리고 러시아 등 여러 나라이
다. 그는 또한 티베트 법왕인 달라이라마하고도 만나서 악
수도 한 바 있다고 한다. 그는 마음이 평안하였고, 고요함을
좋아하며 극히 평온하며 조용한 어빙턴을 사랑한다고 언급
했다.

BANG YOOK

Bang Yook was born in Seoul, Korea, on December 4, 1926. He enjoys ice skating, listening to classical music, taking walks, and travelling around the world. He can speak Korean, Japanese, English, Russian and Chinese. His occupation is Buddhist monk, and as a monk, he also plays the roles of doctor, missionary, fortune-teller, and teacher. He has been to places such as Japan, Sri Lanka, Bangkok, Switzerland, Australia, Vietnam, and Russia. He has also met the Dalai Lama and shook hands with him. He is a very peaceful man and enjoys the quiet and beautiful environment of Irvington.

부 록

•

-그에게서 받은 나의 인상-영문 번역

아침 찬바람이 불어와 나의 얼굴을 붉게 물들였다. 그의 아파트를 향해 인터뷰를 위해 차분한 마음으로 발걸음을 조심성 있게 옮겨갔다. 다소 긴장되고 냉기가 나의 뱃속까지 스며드는 것 같았다. 나는 작은, 그리고도 조용한 아파트로 들어가는 순간, 집주인 가족이 따뜻한 온정으로 편안하게 맞아준다는 환영하는 인상을 받았다.

그는 약한 음성으로 안으로 들어오라고 말을 던진다. 안락한 작은 거실로 안내를 받아 들어갔다. 안락한 소파에 자리를 잡고 앉았다. 그는 엄숙한 무거운 표정으로 응접실로 나왔다. 얼굴은 심각하며 굳은 표정을 하고 있었다. 그는 수줍은 얼굴을 감추지 못했다. 말을 계속했다.

야구를 했었기에 결국 왼팔보다 오른팔이 좀 길다든가 하는 이야기부터 시작했다. 그를 처음으로 바라보는 순간, 그의 얼굴에서 인생의 경험이나 여행한 국제적인 인상 등이 한눈에 들어왔다.

그의 표정은 심각하고 굳어 있었으나 그것이 곧 대화할 수 있는 가능성으로 변해갔다. 우리들은 소파 옆자리 의자에 앉자 말문을 열기 시작했다.

자기 소개를 했다. 나는 한국인 승려이며 이름은 방육이라고 했다. 그리고 나서 그는 여러 많은 이야기를 우리에게 들려주었다. 첫 이야기로는 특히 여성에 있어서 어떠한 색깔의 의복, 그리고 머리 스타일 등이 심리적으로 큰 영향을 준다는 것이었다.

밝은 색깔의 의복은 행복을 초래하고, 검고 우중충한 색깔은 마귀 정령을 초래하기 쉽다고 표현하였다. 본인이 현

재 거주하고 있는 동네인 어빙턴은 다소 신성하고 아름다
운 살기 좋은 곳이라고 자랑하였다. 나뿐 아니라 모든 주민
들도 그렇게 느끼고 지내고 있을 것이라고 부언한다.

기자인 본인은 지금껏 이렇게 어빙턴이 살기 좋은 아름다
운 곳이라고 말하는 사람을 처음 만난다고 실토했다. 나는
여기에서 깊은 속뜻과 그의 심정을 이해하면서 무엇인가
신령한 느낌을 받았다. 그런 후에도 이러한 방육 스님의 하
신 바 이야기 내용을 간직하면서 길이길이 그의 뜻을 되새
겨볼 시간을 가졌다. 그게 무슨 뜻인가를 알기 위해서…….
방육 스님께서 러시아 불교사원에 살고 있을 때 한 여학
생이 찾아와 국가고시 시험을 보는데 합격을 위해서 특별
기도를 한국 스님께 부탁드리려고 왔다. 그래서 러시아 스
님에게 가서 부탁을 올리라고 하니까 아니라고 꼭 한국 스
님이 빌어 주어야 합격할 것 같다는 믿음을 가지고 담임 선

생님도 같이 모시고 왔으니 부탁한다고 애원하기에 한국 염불 독경, 그리고 꼭 합격되기를 기원해 준 일이 있다 하셨다.

약 한달 후에 또 와서 이번에는 진짜 2차 시험이 곧 있다고 하면서 부탁을 하기에 같은 기도를 해주고 보냈는데 그후에 찾아와서 이제는 소원성취해서 국가(정부) 장학금도 타게 되어서(금메달을 목에 걸고 와서) 대성공이라고 좋아했다는 이야기를 본 기자는 듣고서 큰 감명을 받았다.

이 이야기는 우리 미국인으로서는 놀랄만한 뉴스로 잊지 못한다. 나는 지금껏 이러한 이야기는 내 생애 한번도 들어본 일이 없는 뉴스였다.

나는 미국 여성으로서 깨달음을 얻었으니 그것은 사람이 한곳에 정신을 집중시켜 기원하면 매사가 뜻대로 성취된다는 이치를 알게 된 것이다. 나는 생각하기를 기도라는 것이 참으로 위대하고 중요하다는 것과, 하나님께서도 반드시 감응하신다는 확신을 가지게 됐다는 것을 여기서 고백한다.

기자는 방육 스님의 아파트를 나오면서 신선한 영기와 광명이 비치는 것을 바라보면서 짧은 시간에 많은 공부를 하고 그의 집을 떠났다. (미국 여성 기자)

THE INSPIRATION

The icy morning breeze blew onto my rouge-colored face as I walked slowly and carefully toward my interviewee's apartment. I felt a nervous, queasy feeling in my stomach that added to the shivering coldness. I entered his small and comfortable living room and I felt a sense of welcoming warmness.

"Come in," he said to me with a faint voice, due to the fact that he was in the next room, and I placed myself on his small couch. He entered the room with a unique facial expression; it was a face that showed his whole life. It showed the many experiences he has been through, the many places he has gone to, the many lessons he has learned, and the many people he has met. His countenance was serious but I felt that he had many stories to share with me. He sat on a stool next to the couch and started to speak his words.

He introduced himself as Bang Yook, a Korean Buddhist monk. He told me many things about himself. He told me how he was shy as a young boy, how his right arm is longer than his left because he often played baseball, how he liked Hans Christian Anderson's fairytales because they had a deep meaning, and how he met the Dalai Lama and shook hands with him.

He also shared many interesting facts about life. He told me about how clothes and hair tell a lot about a person's personality, spirit, and mood. Some colors are bright and show happiness, some colors are dark and show a low spirit. He also said that I should appreciate the beauty of nature and the beauty of Irvington. Irvington is a very serene and beautiful place in which to live; we should be grateful to live in such a place. He loves Irvington and its environment. I have never met anyone who loves Irvington so much.

One story that he shared was very meaningful, and I was very moved and inspired by it. This story made me think and wonder a lot afterward. He told me that one day he was at his Buddhist temple when a young teenage boy, who was a student, visited unexpectedly with his teacher. And with a confident face, the boy asked him to pray for him because he wanted to pass a very important national examination. But Bang Yook told the boy that he was not qualified to do this favor, and that he should ask a Russian monk who was better prepared. But the student pleaded for Bang Yook to pray for him. He finally agreed to pray for him.

The next day, the student came back with the news that he had passed the oral portion of the exam. A few days later, he would have his final examination, so Bank Yook prayed a special prayer with him one more time and gave him a good luck charm to keep in his pocket. The next morning, the student visited again with his teacher, and he came with a gold medal. He received the highest grade and got a scholarship from the government.

This story was truly amazing, and I never heard anything like it. It made me realize that if you put your devotion into doing something, it turns out well in the end. I also learned that prayer is very spiritual, and that God does hear our prayers. I left the apartment with a fresh mind and a new beginning. I truly felt that I had learned a lot from him and this experience.

부 록

181

미국 통일 신학교에서의 교편

'결혼'이라는 국제 축복식을 거행하고 나서도 계속 좋아하는 러시아 생활을 하던 중, 가정을 중심으로 생활을 출발해 보는 것도 큰 뜻이 있다고 생각되어 자의반 타의반 미국 뉴욕으로 이주했다. 어렵게 미국 영주권도 받았다.

그러나 이렇다 할 미션이 없다가 돌연 먼 곳에 있는 통일교신학교 불교학 강사로 나가게 된다. 미국인 종교학 교수가 있던 자리인데 불교학은 역시 한자가 아니고는 영어만 가지고는 이해하기 어려웠던 모양이다.

먼 거리를 승용차로 다니기 힘들어 두번씩이나 열차를 타고 출근하였다. 미국인 아내가 자기 스스로 안내도 하고 불교 말씀도 듣고 싶다해서이다.

신학교 교육과정이 신학말고도 비교종교학이라는 필수과목이 있어서 선택하여 점수를 따야 졸업하기 때문에 이것이 문제였다.

통일교말고는 알 필요도 없고, 배울 필요도 없다고 자존심이 강한 학생 아닌 학생, 즉 거의가 재직중인 기성 목회자, 교역자 혹은 세계 각국에서 지원한 교회장들이다.

타종교인 불교학 시간에 신청은 했으나 공부하기도 싫고 안하자니 학점이 안나와 신학교 정식 졸업이 불가능하다는 것이 큰 골칫거리였다. 첫째 시간, 둘째 시간에는 여간해서 배우겠다는 좋은 태도가 안보이다가 셋째 시간이 되어서야 배워보겠다는 마음이 드는 것 같았다.

나는 그러거나 말거나 공부 안하고 졸고만 있다가 시험을 못보면 자신만 손해이기에 교사의 입장에서 열심히 가르치는 것 이외에는 되도록 신경을 쓰지 않았다.

중반이 지나서야 불교학, 즉 비교종교가 필요하다는 것, 통일교의 원리나 복음, 그리고 진리 말씀(도그마적)만 가지고는 통일교의 진수(眞隨)를 이해할 수 없다는 것을 스스로 알게 되었다.

그리하여 눈에 불을 켜기 시작, 일종의 희열을 느끼면서 교사 집으로 개인방문하게 되어 비교적 체계와 교재를 무시하는 특강이 되었다. 졸업 점수는 거의가 A학점으로, 학생들이 교사에게 부여하는 점수도 모든 학생들이 A학점을 주었다.

나는 불교 강의 시간에 미국인 아내가 나와서 청강하고 있다는 데 신경을 쓰면서, 영어로, 일본어로, 또는 한국어로, 범어(梵語)도 드문드문 섞어가면서 최선을 다해 가르쳤다. 짧은 교편생활이었으나 다시 러시아로 세계평화탑을 세우기 위한 염원으로 오래 있지 못하고, 오라는 사람도 없는데 러시아 칼미크공화국으로 갔다.

자녀도 없는 노부부인데다가 졸처(拙妻)도 음악가로서 정력을 다 기울이면서 나의 러시아행을 반대도, 찬성도 하지 않고 그냥 하는 대로 두고만 보는 자세였다.

그 결과 2004년 7월 15일에 세계종교통일(불사리 봉안) 평화탑 건립 낙경(落慶)을 보게 되니 미국 뉴욕에서도, 일본에서도, 오픈식에 참석하면서 성대하게 영광된 결실의 광명을 보게 되었다.

창공에는 오색 무지개도 찬란하여 천상계에서도 길조(吉兆)를 사람들 육안으로 보게 해주었다.

물론 각지에 탑도 많으나 겉모양이 아니라 진짜 탑 알맹이랄까, 혼이랄까, 정신(신비성)이 문제라고 본다. 일월광명이 모든 세간의 어두움을 멸함과 같이 이러한 공을 들여서 세운 평화탑 건립 인연으로 천하가 태평하고 인류의 평화가 이루어지기를 손 모아 기원하는 바이다.

부 록

미국 뉴욕 세계일보 투고문

● 세상을 보는 시각

　-달라이라마 초청과 외교 〈1〉-

방　육(스님, 조계종)

　요사이 지상을 통해서 한국불교계에서 달라이라마 법왕을 꼭 금년 안에 대한민국에 초청하려고 최선의 노력 을 기울이고 있는 현시점을 목격한다.

　언젠가는 한번 와야 되지만 시기적으로 미숙하여 성사도 어렵고 중국과 한국과의 관계, 그리고 티베트 망명정부와 북경정부와의 외교상 조약문제 등이 있다.

　이러한 내부사정을 아는지 모르는지 순수한 종교적인 차

원에서 결정되는 문제가 아니다. 또한 중국에 진출해서 많은 투자를 하고 있는 우리 경제인들의 사업상에 미치는 영향 등 그뿐만 아니라 더러 북한동지, 탈북자들의 처우 문제 등에 악영향을 크게 미칠 것이라는 제반사정을 우리 불교계가 이해하기 바란다.

긴급한 문제는 어디까지나 한국정부가 러시아나 중국정부 등의 눈치를 보지 않고 당당하게, 또한 정치와 외교를 자신있게 하며 자주성을 표현할 수 있는 시대를 만드는 것이라고 본다.

한국정계도 법왕의 초청이 불가능하다거나 나쁘다는 것이 아니라고 생각하고 우리와 같은 마음일 것이다.

그러나 이러한 강대국에 눌려서 눈치를 보지 않으면 안되는 우리 정계의 어려운 사정도 국민으로서 알아주면서 때를 기다리는 수밖에 없는 것으로 본다.

이미 우리가 알고 있듯이 한반도의 우리 민족은 근대사를 통해 보면 일본은 우리 국토를 침공했고, 러시아와 중국은 속국으로 삼고 조공을 바쳐야 될 처지로 만들었으며, 민족 정신은 여러 갈래로 분열되는 가운데 결국 일본이 우리 영토를 강제 합병하게 되지 않았던가?

뭉치면 살고 분열되면 망하게 되어 있다. 이것이 순리이며, 자업자득이지 외세의 탓으로만 돌려서는 안될 것이다.

〈2〉

우리는 조만간에 남북통일이라는 반드시 성사시켜야 할 큰 과제도 안고 있다.

여기에 지정학적으로 일본과 러시아, 중국의 영향이 크게 미친다고 보았을 때 중국이 무서워서가 아니라 우리로서는 만만치 않은 이웃이기 때문에 부득이하게 호응하는 것이 아니겠는가?

예로부터 지금까지 한국불교는 호국불교라고 자부해 오고 있다. 어느 종교집단도 우선 국가 기반이 단단해야 다른 나라가 엿보거나 무시하지 않는다. 그러므로 우선 무시하지 못할 국가로 만들어 놓은 다음에 종교도 신앙도 존재하게 되는 것이다.

국가기반이 약한데 종교계는 무엇을 해야 되는가? 애국이라고 본다. 종교도 하나로 통일되고 정치도 사분오열되지 말고 하나의 통일이념으로 뭉쳐야 살 수 있다.

일본의 니치렌(日蓮) 상인(上人)도 우선 입정안국(立正安國)이라고 우선 국가를 평온하게 하고 나서 신념을 일으키라고 경고하지 않았던가?

앞에서 말한 것처럼 우리 불교는 호국불교이다. 호국불교가 무엇인가? 이는 곧 국가를 살리는 불교라는 뜻이다.

자세히는 모르겠으나 소납(小衲)만큼 티베트 법왕을 좋아하고 존경하며 잘 아는 사람도 별로 많지 않을 것이다.

여기저기에서 여러번 법왕을 친견한 적이 있다. 복이 많아서인지 불연(佛緣)이 있어서인지 부산의 K스님하고도 일본 도쿄 주재 티베트 망명정부의 대사 카르마상 안내를 받고 수행, 북인도망명정부가 있는 담마사라(Dhammasara)를 국빈예우를 받고 일주일 방문하여 각부 장관들과도 대화를 했다.

특기할 만한 일은 법왕을 알현한 후 각별히 달라이라마 주치의이자 의성(醫聖)이라 불리우는 노의사를 소개받은 일이다.

〈3〉

　무조건 인도에 가서 면접신청을 하면 곧 면회가 가능하다고 생각하면 큰 오산이고 허탕을 치게 된다.

　필자의 개인적인 소견으로는 이렇게 생각한다. 그렇게도 달라이라마 법왕을 친견하고 싶으면, 입장이 곤란하다는 사람을 우리나라도 중국 눈치 때문에 난처한 실정이라면 직접 해외포교 순방 나갈 때 그 나라에 가서 친견하며 청법을 할 수가 있고, 불연이면 원력을 세우고 기도를 열심히 하고 나서 적당한 시기에 인도로 직접 가서 친견하는 방법 등이 있다.

　그것도 지역 망명정부 연락사무소를 통해서 북인도의 망명정부가 있는 담마사라는 고산지대의 제한된 구역으로 만나러 가야만 되는 피난민 수용소 같은 곳이다.

불자들이 직접 가서 그러한 광경을 목격하고 나서 다시 한번 같은 불교도들인데 이러한 고통의 인생을 살러가야 되는가 하는 인과응보를 알게 될 것이며, 뜻있는 불자라면 다소나마 대포교라도 할 수 있는 두타행을 권하는 바이다.

달라이라마 법왕은 북경정부에 친서(특사를 통해)를 보냈는데 티베트민족과 문화 등을 말살하지 않으면서 백성들을 탄압하지 않으면서 평온하게만 살게 해줄 수 있다면 구태여 독립을 못해도 그것으로 만족하겠다는 회답의 메시지가 중국정부에 정식으로 전달되었다 하며, 그때 가서는 달라이라마라는 법왕 자리도 내놓고 일개 평범한 구도승으로 돌아가겠다는 뜻도 같이 법해졌다고 한다.

이러한 티베트인의 고난도 과거 역사의 순환으로서 필연적 인과라고 체념하고 있다는 이야기도 전해지고 있다. 이

러한 내용에 관해서는 필자가 미주현대불교지를 통해서 1
년간 투고한 글에도 명시되어 있다.

〈4〉

《티베트 의학의 세계》라는 일본어판 책이다.

필자는 야마모토 박사이다. 법왕과 친분이 가까웠고 특히
주치의(성의) 댄진조다구 박사의 제자로서 그로부터 티베트
의학을 배운 사람이다.

작년까지도 저서출판문제(허가) 때문에 통화와 문통이 있
었는데 임종 직전의 엽서 한장에 이것이 마지막 편지가 될
것이니 더이상 기다리지 말라는 한 줄의 글문이 있었다. 영
계에 간 것 같다.

다음은 필자인 불초 소납의 근황을 여기서 잠시 피력하고

자 하면서 독자의 양해를 구한다.

며칠 전에 러시아 자치령인 칼미크공화국의 티베트승으로 사찰의 주지인 나의 제자 라브단 스님으로부터 전화가 걸려왔다. 티베트 법왕이 예정대로 9월 17일~19일까지 3일간 공화국 대통령인 키르산(Kirsan) 초청으로 오게 되었으니 한국 불교계에서도 법회에 참석해 달라는 내용이었다.

방육 스님도 여기 법왕 환영위원으로 같이 들어 있으니 화주도 되고 지객으로서 안내자의 역할을 당부하는 것이었다.

나는 얼떨결에 간다고 했으나 개인적인 여러 가지 사정이 여의치 못해서 가고는 싶으나 못가는 신세가 된 것이다.

법왕은 혈통이 칼미크 사람들하고 같은 몽고계 코자크족 출신이어서 공화국을 사랑하며 대통령도 같이 의형제를 맺고 지내는 사이이다. 칼미크공화국은 불교가 국교이며 티베트 불교국가로서 법왕이 곧 이 나라의 국부처럼 되어 있다.

이곳 대통령은 언젠가 인도정부가 북인도를 떠나라고 출방할 때를 대비한다는 차원에서 여기로 천도해서 오면 법왕궁처럼 지낼 수 있는 대사찰을 이미 완성해 놓고 기다리고 있는 중이다.

〈5〉

법왕께서 3일 행사로 키르산 대통령 재출마 후원연설을 해주고 반차시라 수계법회가 있을 거라고 전해졌다.

필자는 1993년 러시아 수도인 모스크바 시내 모처에서 모스크바 불교도협회가 주선, 법왕을 모시고 단나(Dhanna) 점심공양을 했다. 마침 서울에서는 조계종 원장이었던 서의현 스님이 주관하는 만등불사(한강)와 동남아불교지도자 대회가 있어 우리 대표들도 승의에 동석하게 된 것이다.

러시아불교 대표스님 한 분이 필자보고 당신 나라인 코리아대회에 가게 되었으니 몽크 방이 직접 법왕에게 서울법회에 특참할 메시지를 부탁해 보라고 하기에 예를 올리고 뜻을 전했다. 그러자 나는 사정이 있어 못가지만 메시지라도 기안해서 인도로 보내주면 서울 조계종 주최자 앞으로 보내주겠다고 쾌히 승낙해, 급히 필자는 원하는대로 내용을 법왕편으로 전송하게 되었다.

우리 러시아 대표 일행이 서울에 도착해보니 이미 어렵게 부탁해서 보내준 법왕의 축하 메시지가 공개되지 않고 모 국장 책상서랍에서 잠자고 있었다.

Y국장 말에 의하면 이번 대회에 주빈으로 중국 불교대표가 참석하게 되는 관계상 불협화음이 생길 것 같아서 집행부가 결정을 하게 된 것이라고 변명을 늘어놓았다. 그러기에 이러한 대회를 개최하는 모멘트가 아니냐고 역설해 보

았으나 허사였다. 이제는 한국불교가 잠을 깨어서 초국가·초민족·초종교 운동으로 하나의 우주의 통일된 이념을 선양할 시기가 도래했다고 본다.

동정, 관용, 조건없는 참사랑으로, 특히 우리 각 종교계의 지도자들이 우월감과 배타의식을 승화시켜 모든 인류뿐 아니라 삼라만상인 유정무정이 다같이 성불되어 영계가 아닌 현실의 지상세계가 구현되기를 바란다.

- 낚시와 人生 〈1〉 -

　나는 축복을 받기 전 한국 제주도에서 인생을 즐기며 살아왔다. 특히 한라산의 영실이라는 곳을 좋아하여 거기서 여러 해를 살았으며 바다에도 자주 나가곤 했다.

　용왕기도 때문에도 나갔으나 승려라는 신분인데도 바다낚시를 좋아하는 까닭에 자주 갔다. 신도들이 비웃거나 말거나 나는 별로 신경을 쓰지 않았다.

　일본 유학시절 방학이면 일부러 시모노세키에 있는 다이와라는 유명메이커의 낚싯대를 구입하기 위해 관부 페리를 자주 이용하게 되니 제법 많은 대소형의 낚싯대를 소유하면서 놓고 보는(관상) 취미와 가지고 나가서 고기잡는 재미 등으로 세월을 보냈던 것이다.

1995년 미국에 와서도 복이 많아서인지 소원을 이루어 허드슨강에 자주 나가게 되면서 누구보다도 고마움을 절실하게 느끼면서 낚시에 임했다.

만일에 한국의 제주도에서 이러한 정도의 장비로 바다에 낚시를 나간다면 엄청난 비용 때문에 감히 엄두를 못냈을 것이다. 그러기에 이것은 남이 모르는 나 혼자만의 즐거움이며 인생의 가장 행복된 시간이라 믿는 바이다.

예로부터 말하기를 현자는 산을 좋아하며, 인자는 바다를 좋아한다고 했다. 현과 인을 같이 겸하면 이상적인 성자가 될 것이다.

쿠바를 무대로 쓰여진 세계의 명작 《노인과 바다》, 그리고 우리로서는 낚시하는 어느 성자, 그리고 낚시하는 파계한 노승 등을 상상해 본다.

그것은 할일 없고 한가해서 물에 나가는 것은 결코 아니라고 본다. 물론 취미생활이라는 일면이 있지만 심신건강을 위해서는 최고의 취미라고 보고 싶다.

명상과 선법을 수행하는 즉시도량(卽是道場)으로서 사찰이나 교회도 필요없다. 자연스러운 이상적인 처소인 것이다. 그러기에 물고기만 잡으러 나가는 것이 주목적이 아니라는 점을 본인은 여기서 강조하는 바이다.

즉 자연환경을 구가하면서 자연과도 대화하며 무한한 우주의 기를 호흡하면서 무위자연지도에 심취하는 경지라고 볼 수 있는 것이다.

자연은 말없이 인간 누구에게나 고루 주시는 것이다. 응기여약(應機與藥)이라고 한다. 구하는 자는 반드시 얻으리라. 법기(法器) 대소에 따라서 공평하게 주시는 것이다.

인간의 원시적 생활은 산야와 삼림에서 서식하는 야생동물이나 조류를 수렵하거나 수중 바다와 하천에서 살고 있

는 어류 등을 잡아먹으면서 자연을 무대로 한 생활을 영위
하며 살아온 것이라 볼 수 있다.

　인류문화의 발생도 하천이나 해변을 끼고서 일어났음을
우리는 역사를 통해서 알고 있다. 고로 물은 인간의 제2의
생명이라고 말할 수 있는 것이다.

　다음은 불이다. 석기시대에는 불이 원시인에게는 불가결
의 요소였다. 인도인들은 갠지스강을 신성시하며 외경심의
숭배사상을 갖고 있으며, 한국 토속신앙으로는 용왕신 숭배
같은 것으로 나타나고 있다.

〈2〉

　배화교는 불을 질러서 화염에 예배를 올리는 호마(護摩)
라는 종교의식 등이 면면히 내려왔다. 불교에서도 수륙제라

고 해서 주로 해변을 끼고 지내는 의식이 있는데 법계의 고
혼을 불러들여서 천도하는 행사이다. 어촌에서는 풍어제라
고 해서 바다로 출항하기 전에 풍요한 어획과 더불어 어부
들의 안전귀환을 기원하는 뜻에서 행해지는 의식이다.

삼국시대에는 수륙전에서도 자연의 풍수(바람과 물)를 염
력으로써 기도의 힘으로 인위대로 유리하게 변화시켜서 승
리로 이끌어내려 했던 것을 우리는 잘 알고 있다. 그러나
고도로 발달된 과학과 물질문명, 그리고 산업사회 안에서의
판에 박힌 생활에 익숙해진 현대인들에게는 자연을 배경으
로 삼고 즐기는 생활에서부터 멀어져가는 현시점에서 해변
이나 호수, 하천 등지로 물을 따라 나선다는 것은 그렇게
쉽지는 않은 것 같다.

즉 인간과 자연이 혼연일체가 되는 바 다시 말해서 인간
이 자연의 품안에 안기는 사랑의 포근함을 모르고 사는 불

쌍한 오늘날의 인생살이는 기계적이고 물질적이며 금전이
나 명예 등을 분수없이 추구하는 욕망의 인생으로 전락되
어가는 인간상의 현실을 우리는 목격하면서 일종의 연민의
마음을 금할 수 없다.

　인간들 스스로가 초래한 자업자득의 결과라고 체념해버
려야 되는 것인지 모르겠다. 현대인들이 가장 즐기는 취미
와 오락적 스포츠로서는 역시 골프가 있으며 등산과 야외
피크닉, 혹은 크고 작은 관광여행 등이 있다.

　그중에 낚시를 즐기는 무리들의 수준과 그들의 의식 구조
도 다양하다고 볼 수 있다. 단지 레저로 나가는 아마추어가
있는가 하면 훌쩍 바람처럼 사라지는 광적인 남성들도 없
지 않다.

부　록

·

203

필자가 존경하는 당대의 위인

① 텐진 달라이라마 14세 법왕

② 통일교 문선명(文鮮明) 목사

③ 일본산묘법사(日本山妙法寺) 초대 법주 고(故) 후지이(藤井日達) 상인(上人)

④ 천주평화진왕국연합(天宙平和眞の王國連合) 대표 나카야마 요시코(中山芳子) 여사

● 텐진 달라이라마 14세 법왕

한마디로 말하면 모처럼 어려운 노벨평화상은 탔으나 별로 빛을 못보는 고독한 사람이다. 사면초가(四面楚歌)로서 피난지인 북인도 담마사라에서 금족령이 내린 것처럼 자의

반 타의반 지내고 있다. 전에는 가끔 러시아 크레믈린의 아
량으로 칼미크공화국 불교국가에도 자주 방문하시던 기회
마저 몰수당하고 있는 형편이다. 미국에도 자주 오셨다.

　뉴욕의 중국 불교사원 장엄사(莊嚴寺) 낙성식에도 참석
하여 필자도 인사를 한 일이 있고, 센트럴공원의 강연에도
참석했다. 잊지 못할 강연의 한 구절을 소개하면 평화에 관
한 새로운 정의를 내리셨다. 평화라고 하는 감언이설에 넘
어가 싸구려 평화를 받아들이지 말라고 경고하셨다. 즉 참
평화, 혹은 완전평화가 아니면 아무 가치가 없다는 것이다.

　한쪽으로는 사람을 죽이는 살생행위를 저지르면서 그것
이 참평화의 길이냐는 법왕의 평화에 대해서 언급하신 것
에 동감하는 바이다. 즉 전쟁의 결과로 오는 평화는 참평화
가 아니라는 것이다.

　평화는 조건이 없는 것, 바라는 대가도 없는 것, 부모가

자식을 사랑하는 데 있어 무조건으로 자식을 키우는 것이
참부모의 사랑이라 말했다.

하늘사랑·부모의 사랑·스승의 사랑이 다 같은 것이라
고 지적하셨다. 아힘사, 무저항주의로 적을 미워하고 증오
하지 말고 자비와 참사랑으로 대하는 것이 진짜라는 말씀
이었다.

중국 북경 정부에도 자주 특사를 통해 비밀 메시지를 보
내셨다는 소문이 있다. 티베트 독립 여하는 천운(天運)이고,
양국간의 옛날부터 내려오는 인과응보라 생각하면서 구태
여 티베트가 재독립을 못해도 중국을 증오하지도 않고, 적
대시 안하겠으니 티베트인들도 중국인과 동일하게 선정을
해주신다면 불만이 없다는 내용의 메시지라 한다.

언제나 그러한 때가 온다면 법왕 자리도 버리고 산사에
들어가 수행자 노릇을 하고 싶다고 전해졌다고 한다.

● **통일교 문선명**(文鮮明) **목사님**

여기서는 구세주라는 차원에서 보지 않고 평범한 종교가, 그리고 통일교의 교주로서 목사님으로서의 참 인간상을 필자는 10여년 가까이서 혹은 멀리서 뵈옵고 좋은 말씀(원리·훈독)을 가슴에 새겨둘 수 있는 은혜받은 기회를 가진 바 있다.

통일교의 원리론은 과학적 표현이고 훈독은 범종교적, 혹은 문목사님의 self dogma로 자신께서 증득(證得)한 교판(敎判)이라고 보고 싶다. 그 안에는 동서고금 성인의 말씀과 목사님 자신의 '깨달음'의 교판인 것이다.

다음은 탐감과 복귀설이다. 참사랑, 그리고 수수작용(受授作用)이다. 이상은 세계 모든 종교와 가로세로〔理事無碍·事事無碍〕 상관성을 유지하는 내용 등으로 구성된 것 같다. 이로 인하여 세계종교 통일도, 세계평화도 쉽게 이룰

수 있을 것 같다.

끝으로 종교 집단을 운용하려면 재정이 풍족하여야 전도
나 포교 등 기타의 문화사업도 가능한 것이 아닌가 본다.

● **일본산묘법사**(日本山妙法寺) **초대 법주 고**(故) **후지이**
　(藤井日達) **상인**(上人)

인도의 간디 옹과 무저항주의(아힘사)로서 일본보다도 해
외에서, 스리랑카 소승불교 국가에서는 후지이쿠루지라고
부른다.

석존께서 재세시(在世時)에 오셨다는 스리파다(佛足山)
일대를 성지로서 석존님의 불지(佛址)를 개발하면서 인도
마하보디협회와도 긴밀한 친선과 교류를 하면서 석존 불사
리평화탑도 불족산에다 웅장하게 건립하신, 즉 서쪽에서 들
어온 불교(동쪽으로 전파)를 또 다시 서쪽으로 돌려보내는

뜻에서 동쪽 일본·한국 등으로 들어온 불교문화를 환고향
(還故鄉)시켜야 이것이 곧 석존께 보은 사덕(謝德)하는 말
세 불자의 도리라고 주장하신 큰스님이다.

일본제국주의와 식민지 정책 등을 비판한 죄를 이유로 국
외에 추방당하기도 했으나 8·15해방 후, 1948년 5월에 일
본 교토에서 세계종교인 지도자대회도 개최한 일이 있다.
연수 101세로 아타미(熱海)라고 하는 평화탑이 있는 묘법
사(妙法寺) 도량에서 입적했다.

평화행진 두타행과 가끔 평화적 시위 데모 같은 것도 세
계 각지에서 벌이기도 했다. 도쿄 무도관의 장례식에 소납
(小衲)도 참석, 명복을 빌었다.

러시아 기행문과 일기

初 版 印 刷 ●2007年	2月	5日	
初 版 發 行 ●2007年	2月	10日	

著　者●方　塕

發行者●金 東 求

發 行 處●明 文 堂(1926. 10. 1 창립)
서울특별시 종로구 안국동 17~8
대체　010041-31-001194
전화　(영) 733-3039, 734-4798
　　　(편) 733-4748
FAX 734-9209
Homepage www.myungmundang.net
E-mail mmdbook1@kornet.net
등록　1977. 11. 19. 제1~148호

값 8,000원
ISBN 89-7270-846-1　03890